回程

Way Back into You

人會把愛情弄得很美好，也會把它搞得很糟糕，
若當初不是那樣地結束，現在的我們，會是怎麼樣的呢？

藤井樹（吳子雲）著

本書謹獻給 LYC

走！出發吧！

似乎每個人都在等誰會是下一個進入愛情墳墓的笨蛋，
就好像抽號碼牌一樣，
似乎有某個聲音在大喊著，「來！下一個換誰！」

就算是那些已經當了笨蛋，
或是當過笨蛋的人也一樣，
他們期待著更多人加入笨蛋的行列。

但笨的不是愛情，笨的是人。

人會把愛情弄得很美好，也會把它搞得很糟糕。

01

星期天的早晨，我家窗外的景色美得像幅畫。

這是住在郊區半山腰上的好處。空氣好，很安靜。

平時最吵的聲音是外面的鳥叫聲，夏天的話則是蟬鳴。偶爾刮著風勢較強的南風，整片山脊的樹都會被吹得不停鞠躬。

而這個早晨比較特別，現在是冬天，氣溫是偏低的十四度，我家裡的室溫是十九度。厚厚的山嵐覆蓋了山頭，片片濃霧在山腰間穿梭著。我剛起床沒多久，正想去泡麥片來喝，不經意往客廳旁落地窗的方向看了一眼。冬天時，窗外的景色大多是灰灰的天飄著細雨，偶爾才會一片翠綠。

沒辦法，這裡是台北，天無三日晴。

但今天，很意外的，一片霧白，偶爾透出斑斑綠意，好美。

我在那片風景裡陶醉了一會兒，然後被自己肚子的咕嚕聲給拉回現實，泡好了麥片，我坐到沙發上打開電視，體育台在重播去年的大聯盟季後賽，紅雀隊與費城人隊正在廝殺，那是季後賽第一輪的第五場對戰。雙方前四戰打成兩勝兩敗的平手局面。

我是大聯盟幾支球隊的球迷，而費城人是我偏愛的其中一隊。

大聯盟每支球隊一年要打一百六十二場比賽。二〇一一年九月二十九號，費城人拿下隊史新紀錄的一百〇二勝，這是去年全大聯盟最佳戰績。

朋友問我，為什麼這麼喜歡大聯盟？自己國內就有中華職棒聯盟，為什麼不看？

我只回了一句話：「那不是職棒聯盟，那是假球聯盟。」

關心大聯盟賽事的棒球迷應該都還記憶猶新。費城人在五戰三勝制的第一輪賽程裡，在第五戰時輸給了聖路易紅雀隊，比分是一比〇。對球迷來說，這是個會氣死人的比數，同時也是會爽死人的比數，差別只在你支持的那一隊是〇還是一。

而舉世知名的豪門球隊紐約洋基，在同一時間輸給了底特律老虎，也在第一輪被淘汰。

費城人與洋基的輸球，像是註定的。

解決了最可怕的費城人，洋基也被老虎吞噬之後，紅雀封王路上最巨大的兩顆石頭被搬開了，就這樣一路殺進總冠軍世界大賽。

紅雀在總冠軍戰面對的對手，是封王路上的第三顆大石頭，德州遊騎兵隊。

在七戰四勝制的賽程裡，他們激烈地打到第七場，最後紅雀拿下冠軍。

像是註定的。

一個很愛棒球的網路小說寫手吳子雲（藤井樹）說過：「棒球比賽的每一個微小細節都反映著人生，每一個位置的決定，都影響著最終的勝負。如同你在人生中的每一個決定，都可能改變你的一生。而兩者唯一的差別只在於棒球有輸贏，而人生雖然只有過程，卻關乎生死。」

而那些決定就好似被上帝寫好的劇本一樣，像是註定的。

我喝了幾口熱呼呼的麥片，坐在沙發上，靜靜地看著紅雀那殘忍、巨大且唯一的一分壓垮了去年最強的費城人。身為費城人的球迷，我的情緒還是有波動的，只是不再像去年輸球那當下那麼劇烈。

然後我關上電視，把杯子洗乾淨，整理好大概一個星期份量的行李，接著進浴室裡沖了一個熱水澡。我喜歡在冬天寒冷的早晨裡，保持身體的溫暖，也保持頭腦與精神的清醒。

然後出發，開著車子，出發。

開始可能是我這輩子最重要，也最有意義的一趟長途旅行。目的地，不是什麼國家，不是什麼縣市，也不是什麼地名。

而是一些人的心。

＊出發吧。

02

出發之前，我打了通電話給恆豪，我們是認識超過二十年的好朋友，小時候是鄰居，也當過同學，說他是最了解我的人，一點也不為過，就連我爸媽都不一定有他了解我。

我跟他之間沒有祕密，因為我們都知道對方所有的祕密。

你有這麼一個完全值得信任的朋友嗎？絕大多數的人終其一生都找不到一個這樣的朋友，所以我覺得我們是幸運的。

恆豪說，找不到這種朋友的人，是因為自己也不夠相信朋友，所以自己必須承擔一半的責任。至於完全信賴朋友卻換來傷害的，就另當別論了。

恆豪說話直來直往，個性也一樣，與人來往性情真切無半點虛假，我很欣賞他這樣的性格，我不需要去猜他怎麼了，因為他一定會說，他可以誰都不講，但絕對會告訴我。不過這樣的人在人際關係上通常比較極端，可能很快地交到新朋友，也可能讓人厭惡。

「哪天如果我們不再是朋友，那我就沒有朋友了。」他說過這句話，我覺得這是朋友之間最好的讚美。

恆豪姓李，唸起來就跟「你很好」幾乎一樣，從小到大，他的身材都屬於有點胖的那種，所以他有個外號叫「嘟嘟豪」。許多老師跟同學都喜歡拿他的名字開玩笑。

國中跟他同班時，我們導師是個女的數學老師。

恆豪在我們班算是比較出鋒頭的學生，本性很好，只是有點皮，而且成績不太理想，一直是老師緊迫盯人的對象。

有一次，班導師在發期中考考卷，我的印象超級深刻，因為那天恆豪讓我們全班笑得東倒西歪。

老師開學第一天就撂下這麼一段話：「我本身是教數學的，自己班級的數學成績如果比別班差，我的面子往哪兒擺？別人及格分數是六十分，你們則是八十分。」而且還說這個規定的解除日期，是我們畢業那天。

所以照慣例，發考卷時，不到八十分的，少一分打一下。

「李恆豪。」老師叫。

「有！」他站起來，跑到講台旁邊準備領考卷。

「聽說你的新外號叫嘟嘟豪是嗎？」

「那是同學給我亂取的啦。」

「不會啊。我覺得他們取得很不錯，胖嘟嘟，嘟嘟豪。」

「老師，其實我比較喜歡帥帥豪。」他的話逗得同學都笑了。

「我管你喜歡什麼豪！」老師突然變臉，「看看你這是什麼分數！題目都已經這麼簡單了，你還是考全班最低分！」老師把考卷丟在他身上。

「咦？」他接過考卷，一臉疑惑。

「咦什麼咦？」

「怎麼分數這麼少？」他說。此話一出，全班大笑。

「你還問我呢！轉過去對著全班大聲唸出你的分數！」

「不好吧……老師……」

「什麼不好！快唸！」

「哎唷，就跟老師的年紀一樣四十一啦！」

這話說完，全班再度大笑。

「什麼四十一！老師才三十五歲！」老師一整個爆走咆哮。

那天他被打得多慘，我就不多說了。

他當兵的時候，也因為這個白目的性格被長官修理得很慘。

他跟我說，他們連上的士官長很機車，而且很喜歡在他們吃晚飯前集合全連去跑三千公尺，「幹！他真的很機掰，三千公尺跑完就沒食欲了，偏偏他就很喜歡幹這種事！莫名其妙！」

有一次，士官長照例晚飯前集合全連跑三千公尺。他一邊跑一邊跟自己同梯抱怨兼慫恿，「幹！士官長有夠煩！是有三千公尺強迫症嗎？我們等等不要跑了，偷偷溜進福利社買飲料，好唄？」他說。不過他沒發現同梯一直在跟他使眼色，因為士官長就跑在他旁邊。

那天他跑了六千公尺，而且一邊跑還要一邊大喊：「不要跑了好不好？不好不好我要跑！」

恆豪的許多個第一次我都參與了，當然，他也參與了我的。

其中有正經的，當然不正經的比較多。

舉凡第一次騎機車，而且是無照駕駛。

第一次牽女孩子的手，他跟我打賭他一定牽得到，但是他輸了。

第一次談戀愛，所有的過程我就算沒看到也都知道。

第一次跟女孩子接吻，他叫我要遠遠地看，如果他被甩巴掌，要趕緊去救他。

第一次在錄影帶店裝十八歲租A片，其實那時我們才十五歲。

第一次數學考一百分，也是唯一的一次，但那是抄我的。但為什麼那次我只考九十分？這至今仍是個謎。

第一次被記過，因為我們討厭某個老師，拿剪刀去劃他的車。

第一次被記功，因為我們在路上撿到一個公事包，裡面有不少錢，還有很多存摺跟支票。我們拿到警察局，留了資料，失主追到學校來包紅包給我們，一人五千塊，那時候，我們覺得那是很大一筆錢，但我們一個星期就花完了，全部拿去買漫畫。

第一次抽菸、第一次失戀、第一次喝酒、第一次掉到海裡……

我跟他的故事，等到將來年紀大了再來回憶，可能會講一整年都講不完。至於為什麼掉到海裡，就別提了。

抱歉，講到恆豪我就離題了，不好意思。

恆豪聽過我對這趟旅行的想法與理由，他覺得很有趣，而且很想跟我一起去，還打算帶著攝影機，在一旁做完整的記錄，「說不定可以剪成紀錄片啊！」他說。

但是他要工作，家裡有老婆小孩要養，只能做罷，於是叮嚀我，在旅程中，得隨時給他現場直播第一手消息。

「我要出發了。」電話裡，我說。

「現在？你請好假了？你爸爸准了？」可以聽得出來，他正用手掩蓋著話筒跟口鼻，壓低聲音說話。不需要猜，他一定正在開會，而他老闆正在講一些根本無關緊要的廢話。

「嗯，沒錯。」

「所以確定要去了？」

「你已經問過很多次了，我也跟你確定過很多次了，我就是要去，而且這一趟一定要走完。」

「可是說不定走不完啊！而且照你所說的計畫，這趟結果不完美的機率非常大，幾乎就快等於百分之百！」

「我跟你說過很多次了，我並不圖這一趟完美啊，我只求走完。」

「就算結果不好？」

「嗯，就算結果不好。」

「就算人不一定找得到？」

「人找不找得到，那都是命運，所以那一部分讓命運來控制，我的部分就是把它走完，這是我能掌握的機會。」

「所以你找到全部的資料了？」

「嗯，都找到了，但畢竟日子久了，現在這些資料不一定是對的。」

「所以就算你自己知道資料不一定能幫助你什麼，你還是要去？」

「幹，你是要問幾次？」

「好啦！那祝你好運！記得給我第一手 live 報導。」

「好啦！我要掛電話了，拜拜！」

「等一下啦！」

「又幹嘛？」

「你跟雨青說了嗎？」

「嗯，算有吧。」我回答。

他說的雨青，是我的女朋友。

喔不，這時候應該說是未婚妻。我們在兩、三個月前終於談到了結婚的事。

＊也是時候該談到了。

03

雨青姓劉，她說她出生那時正下著雨，但天空卻是一片蔚藍的太陽天，所以劉爸爸就這麼替她命名。

我們在一起四年了。從見到她的第一秒開始，我就無法忘記她的臉和她的眼睛。她自然、開朗、善解人意，而且是美女中的美女，至少在我眼中，她就是這麼美。

是我去找她搭訕的，在我公司附近的一個公車站牌底下，我很直接地對她說：「小姐，我猜妳已經有男朋友了，或是妳時常被搭訕，對搭訕的人感到厭煩，所以我搭訕成功的機率極低。但我還是想確定一下，有沒有機會認識妳。沒從妳口中聽見答案就放棄，我肯定會睡不著覺。」

她耐心地聽我說了一大堆話之後，扁嘴一笑，「被拒絕就不會睡不著了嗎？」

她的反應出乎我的意料，我以為她應該理都不會理我。

「我想……是吧，被拒絕反而比較好睡。」

「喔，那你今天會很好睡。」她笑著對我說。這是個非常有禮貌的拒絕。

「嗯，了解，謝謝妳。」我向她點頭示意，然後轉身離開。

第二次，同一個公車站，不同的是，我們是在站牌旁邊的 7-11 裡再次碰面的，我注意到她，但她沒有注意到我。我還記得她買了無糖的優酪乳，還有一瓶綠奶口味的飲冰室茶集。

結帳時，我很刻意地排在她的後面，觀察她的行動，並且在心裡向老天爺祈禱，如果她有收集 7-11 點數貼紙的習慣，我當天晚上就買貢品去行天宮祭拜。

而老天爺聽見了。

我買完了東西，拿到 7-11 點數，趕緊追出去，深怕她就這樣消失不見。老天爺真的很幫忙，她就站在店外的公車站牌旁邊。傍晚接近六點，下班時間，車水馬龍，人行道上好多人在等公車。

唯獨她發著光。

「妳好，又見面了。」

「嗯，你好。」她記得我，對我禮貌性地點頭。

「我剛剛注意到，妳有在收集點數，剛好我不需要這些點數，就給妳吧！」我把手上的點數貼紙交給她，然後再拿出我的皮夾，把裡面的幾十點點數通通都拿給她，「我通常會拿這些點數，但並沒有在收集，所以我也不知道我到底拿這些要幹嘛。所以都給妳吧，我家裡還有，如果下次還有機會見到妳，我再拿給妳。」說完，我轉身就走。

我是故意的，我是說，我是故意轉身離開的。那是一種無聊的耍帥，即使我心裡多麼希望能留在那裡跟她多說兩句，但我不能讓她覺得我陰魂不散、死纏爛打，所以必須裝作只是單純給她點數，即使我心裡多麼希望她會叫住我。

她本來不想拿，但在我的堅持之下勉強收了，然後一樣禮貌地跟我說謝謝。

我走了幾步，她並沒有叫住我。我又走了幾步，在心裡求老天爺讓她開口，大概是我的貪婪太明顯，老天爺不想幫這個忙。

既然都在差不多的時間，在同一個地方遇見她，我想她應該在我公司附近上班，所以我當晚在行天宮還願時，還多向老天爺要求了一件事，「下次見到她，讓她跟我多說幾句話吧！」

只是老天爺好像放假了。

我有好一陣子沒見到她，下班時間，那個公車站牌的人潮依舊，我每天刻意經過，總是可以看到一些熟面孔，甚至看到自己公司的人，但就是沒有她。

我收集的點數已經多到皮夾都變胖了，甚至有的已經快過期了，她還是沒出現。

但如果老天爺的長假就這樣繼續放下去的話，那她就不會變成我的女朋友了，不是嗎？

有一天，我在中午休息時間步出辦公室大樓，準備去吃飯時，在路口遇見她。眼神交會那一剎那，我有些驚訝，是她先笑著開口：「嗨！」

「妳好，好久不見。」

「有很久嗎？」

「是啊。」我說，「妳消失了好一陣子呢。」

「我出差去了。」

「喔！好玩嗎？」

「什麼好玩嗎？」

「出差。」

「去了很多地方，辦活動，不就是那麼一回事。」

「辦活動？所以妳的工作是？」

「公關公司的企畫。」

「喔——」我刻意拉長音，「印象中是個很忙的工作。」

「是很忙，不過我還滿喜歡的。」

「那很好啊！能做自己喜歡的工作。」

「那你呢？」

「我就只是個小職員。」

「什麼樣的職員？」

「就……哎，跳過去吧，說來話長。妳怎麼在這裡？」

「我只是在等紅燈。」她指了指紅燈。

「喔！」我點點頭，自知自己問了一句廢話。

「你要去吃飯是嗎？」

「對！早餐沒吃，肚子很餓。」

「那記得吃飽一點。」

「好，我會的。」我點點頭，「對了，我這裡還有一些點數，妳要嗎？」

「不用了，我已經不想收集了，這種事情做久了，感覺有點自我逼迫，搞得好像一種強迫症一樣。」

「喔！那我就……丟掉囉？」

「你可以送別人啊。」

「不好吧，這樣害別人得強迫症好像不太好。」我說。

這時，綠燈亮起，小綠人正在慢慢走著。

我們互視，笑著點頭，她走過馬路，我則是沿著人行道離開，等我們都走了好幾步路了，才猛然想起什麼似地同時回頭，用眼神交換訊息：「糟糕，我們都忘了說拜拜。」

我想我的祈禱，老天爺真的有聽見。

而後，我們只要見到面就會聊個幾句，多半是打屁而已，除了對方的名字跟年齡之外，其實對話沒什麼重點。

接著就是一起喝咖啡吃飯看電影，所有情侶在變成情侶之前的約會過程，我們一樣也沒少，唯一有點差別的，就是我們沒有告白。

我沒有對她告白，她當然也沒有對我告白。

我們的關係確立，是有一天下班時間在我公司門口，那天我加了點班，離開公司的時間比平常慢了將近一個小時。

走出公司門口，她就站在那裡，「妳在等我嗎？」我問。

「如果你不喜歡我等你，那我就去等別人囉。」她說。

我們就這麼交往了。

誰也沒想到，這雙手一牽下去就是四年。儘管她是這麼好的一個對象，儘管我們的關係穩定到像是一對已經結婚多年的夫妻，但結婚的話題對現代人來說，似乎總是令人害怕的，或是讓人遲疑的。

怕什麼？好像說不出個所以然。

遲疑什麼？其實也不知道。

好像很多理由或原因都可以解釋為什麼害怕婚姻、為什麼對身分證配偶欄上多一個名字會感到這麼遲疑，但說穿了，好像就是對自己沒信心，也不認為有什麼是永恆的，包括愛情。

或許哪天會有某個科學家，把愛情物化變成一個塑膠袋，那麼它就不會壞掉了。永遠都不會。

不管這些年來，我和雨青參加了多少朋友的婚禮，關於婚姻，我們很有默契地不刻意觸碰這個話題，不管我們眼前朋友結婚的畫面有多幸福美滿，以及那些婚紗照拍得多漂亮，我們都不曾因此而談及結婚的話題。

不管是她的朋友結婚還是我的，我們會手牽著手，一起走進那些婚宴會場，在新人安排好的位置坐下，然後被其他共同的朋友逼問：「什麼時候換你們？」、「哇靠你們也拖太久了吧？」等等。

而我只是笑笑地回答：「明年！明年！」就這麼輕輕帶過。說這句話幾乎不需要什麼演技，很多被逼問結婚日期的人都是這麼搪塞的。

似乎每個人都在等誰會是下一個進入愛情墳墓的笨蛋，就好像抽號碼牌一樣，似乎有某個聲音在大喊著，「來！下一個換誰！」就算是那些已經當了笨蛋，或是當過笨蛋的人也一樣，他們期待著更多人加入笨蛋的行列。

但笨的不是愛情，笨的是人。

人會把愛情弄得很美好，也會把它搞得很糟糕。

而雨青呢？她向來是比較安靜的那個，她什麼都不會說，只會跟我一樣笑著，靜靜地在我身邊，靜靜地勾著我的手臂。

彷彿我說了明年，她就相信是明年。

彷彿她是那個相信永遠，也等待永遠的人，而且她在等我許諾那個她相信與等待的永遠。

那麼，她在等的是我，還是永遠呢？

太多情歌把永遠給唱爛了，人們到ＫＴＶ裡點歌，唱了好多好多的永遠，卻好像沒幾個人把永遠當一件偉大的事來看待，在他們眼中，永遠只是歌詞，被藍色的跑馬燈一個字一個字吞掉。

還是有很多人是相信永遠的吧。只是沒什麼人願意承認。

因為承認的，大多是笨蛋。沒有人喜歡當笨蛋，但這世界卻極需要笨蛋。

就像我需要雨青一樣。

＊人會把愛情弄得很美好，也會把它搞得很糟糕。

04

我把行李放進後行李箱，然後坐上車子。發動引擎之後，油表的指針一動也不動，旁邊還亮起了一個加油機形狀的黃色小燈，我這才想起，四天前，我把車開回家時就已經快沒有油了，而我已經四天沒有開車了。

引擎發動著，我走下車子，然後點起一根菸，靜靜地等待四天沒發動的車子完成熱車的動作。

我把這次旅行的目的及所有的資料排好了順序，寫在手機的記事本裡。算一算，我一共有五個地方要去，但有六個人要見。我從台北出發，第一站是新竹，再來是台中，接著是南投、台南和高雄。

我看了一下手錶，下午兩點十四分。早上喝下的那杯麥片好像已經被胃給分解完畢了，變成少許的大便，經由腸胃蠕動功能擠進我的腸道，大概明天早上我就會跟它們見面了。

對不起，我這個人就是這點很奇怪。我總是在感覺餓的時候，回想起上一餐吃了什麼，又那些食物現在已經變成大便點點點……

所以結論是，我餓了。

車子熱身完畢，我緩緩地把它開出我家車庫，跟管理員揮手打了招呼之後，我先開到加油站去，把已經餓了四天的車子餵飽，然後再開到麥當勞去，把餓沒多久的自己餵飽。

很多速食店都有這樣的促銷策略，就是加五塊多什麼東西。每當店員問我：「先生，要不要加五塊讓薯條變大？」我總是會像被催眠一樣地說好。

可是明明就有人算過，大包薯條的份量只比中包薯條多了「四根」，而且這件事還上了新聞。如果多四根薯條要五塊，那我能不能給他十塊然後在他臉上甩一巴掌還多一條手印，再跟他說不用找了？

當然不能，所以我只是在幻想。

但明知大薯條真的沒大多少，我還是會向店員說好，然後在說好的當下幻想，會不會哪天有店員對女客戶說：「小姐，要不要加五塊讓胸部變大？」

我猜這肯定會被告性騷擾，所以我也只是在幻想。

吃完麥當勞，照慣例，我的可樂依然喝不完，所以每次我總得帶著一杯還有五分之四的可樂離開，然後看那杯可樂喝多久，我就飽多久。

車子開上高速公路，星期天的車子很多，限速一百一十公里的高速公路上，我的速度只有七十公里。

我打開收音機，鎖定只放音樂的廣播電台，剛好正在播我很喜歡的一個黑人女歌手碧昂絲的〈Listen〉。

曾經有個女生跟我說過，「黑人的皮膚之所以是黑色的，是因為上帝很喜歡他們，祂把很多才華都賦予了黑人，為免他們遭人妒忌，於是決定將這些才華藏在黑色的身軀裡。但他們還是被白人妒忌了，於是才會有種族歧視，人總是見不得別人比他好。」

「這種說法很奇怪。」

「一點都不奇怪啊。你看看，黑人天生唱歌、運動、跳舞、體格都比其他人種優秀。多少電影裡，黑人一開始唱歌跳舞就立刻吸引其他人的目光。運動場上，跑得快跳得高的、奧運長跑短跑馬拉松的紀錄保持者，絕大多都是黑人，ＮＢＡ裡面有一半以上的球員也都是黑人。」

「所以妳很喜歡黑人？」

「我很欣賞他們，他們有種低調的華麗。」她說。

後來這個女孩變成了我的女朋友。

卻也是最讓我心碎的。

我記得我決定要完成這趟旅行的那天，我跟恆豪在一間音樂餐廳吃飯喝生啤酒，那時餐廳正好也在放〈Listen〉這首歌。

那時，恆豪問我，怎麼會想來一趟這樣的旅行？

其實，我也問過自己同樣的問題。

而且，我還多問了一個問題，「有必要嗎？」我的心裡這麼問著。

起因是臉書（Facebook），一個這幾年超級熱門的社群網站。

我的臉書好友不到五十個，真正見過面的不到四十個，真正交情不錯的只有二十幾個，最親近的只有個位數。

大概是我個性的關係，我本來就是一個跟別人相較之下比較悶的人，也因此我會跟恆豪變成好朋友，因為他總是那麼直接，我們之間形成一個重要的互補。

不過我自己知道，我的悶，其實就是別人說的「悶騷」。

我如果要認識新朋友，會比別人多花上幾倍的時間。

通常新朋友第一次見面，經朋友介紹，我點頭微笑說聲「你好」之後，就不會再說話了。如果他們問我「吃過飯了嗎？」之類的問候語，我只會點頭或搖頭。如果他們說的是「聽某某講過你好幾次了，終於見到你的廬山真面目」之類，用來拉近彼此距離的話，我也只會說：「謝謝。希望他沒說我太多壞話。」

然後就安靜了。

不管對象是男生還是女生，我都會安靜了。

但我的安靜只是看起來安靜，在我安靜的表面之下，我身上的所有感官都一直在注意身邊所有的動態，並且心裡會有大量的OS。

例如，「喔！原來他是這種個性的人。」

「哎唷！她果然跟看起來的一樣三八。」

「嗯，這個人的廢話還真多。」

「這女生看起來真有氣質。」

「這男的講話溫文有禮，很好，我欣賞。」……之類的。

恆豪說我這個人防衛心太重，總是要透過時間的累積，才有可能讓新朋友靠我近一點。

只是近一點，但也沒離我多近。

我認同他的說法，我之所以會這樣，是希望自己能先多了解別人一點，再跟他交朋友，在此之前，我不喜歡讓別人看我看得太清楚。

我喜歡別人眼中模糊的自己。

因此，我在臉書上也很安靜。

我會點開朋友們的塗鴉牆，一則一則地慢慢看，有些笑料我會跟著笑，有些帶有悲傷情緒的發文，會讓我跟著受點影響。但我幾乎不說話，對我來說，臉書的存在，就是一個知道朋友近況的地方，還有可以按讚跟戳人。

這樣久了，我的存在感就變得很低，在很多人的場合，我就像是半個隱形人，我也不希望別人時常注意我。

於是，當有人主動加我好友時，我是會驚訝的。

而某天，很罕見的有個人加我好友，那不只是讓我驚訝，更多的是驚嚇。

＊我喜歡別人眼中模糊的自己。

05

我這輩子只跟兩個女人談到結婚的事。

一個是雨青，一個是大一到大三時的女朋友，她叫林梓萍。

我或許可以用文字或是言語來形容我曾經有多愛林梓萍，但我沒辦法用任何文字或言語來形容她的離開讓我有多難過。

那難過像是世界末日。

跟她在一起，是在十七年前。期間，我們曾經很快樂，但後來想一想，其實寂寞與難過，遠比快樂還要多。

跟她分手，是在十五年前。在這之後，我沒有再接到她任何消息，也不想再接到她任何消息，就連大學時期幾個比較熟的朋友相約聚會，接到主辦人的電話，我第一句一定是問：「林梓萍會去嗎？」

是的，我不想再見到她。

不是因為恨她，而是因為不想再想起那時候的難過了。

然後，隨著年紀愈來愈大，往事愈來愈老，過去的一切都遠到完全看不見了，只剩下記憶的殘渣偶爾滲在空氣中飄啊飄的，好像有些傷，就真的好了。

當我看到交友邀請的名字是「林梓萍」三個字時，我真的嚇了好大一跳。

但驚嚇沒有持續太久，隨之而來的，是一種莫名的、心安的平靜。

像是心情洗了一陣三溫暖。我順了一順呼吸，點開她的交友訊息，映入眼簾的是她的大頭照，看得出來，那是用相機的影像處理模式修過的，整個是鉛筆輪廓素描的風格，並且加了很復古的顏色。

十五年了，時間好像沒有在她臉上留下痕跡。

又或者，是影像處理的效果呢？

她的大頭照旁邊，有她寫的一些話，而那些話，再一次讓我的心情泛起漣漪。

一天下午，雨青跟朋友去逛街，我一個人在家裡翻轉電視，大聯盟整年的賽季已經結束，每年的這時候，我的無聊就像是倒到廁所排水口的鹽酸一樣，不停地冒泡，大聯盟賽季結束，代表我的消遣硬生生去了一大半，打開電視，除了電影台跟動物星球頻道，真的已經沒有什麼可以看的了。

「河馬大便的時候，根本就像在刮龍捲風。」頻道停在動物星球，我盯著已經看過幾次的那隻該死的河馬屁股，一個人自言自語地說著。

你知道嗎？河馬大便的時候，牠的尾巴會像電風扇一樣高速轉動，並且發出像是割草機馬達轉動的聲音，看起來很high，但如果你站在牠後面，肯定high不起來。

然後我轉到電影台，看到一個正妹的臉，那個女孩我認識，她叫全智賢。那部電影我也認識，而且很熟，叫《我的野蠻女友》。

明明已經看過很多次，但我還是放下了遙控器，準備再一次把它看完，都已經數不清這是我觀賞的第幾次了。就像周星馳「星爺」的電影一樣，《九品芝麻官》裡那把鹹魚尚方寶劍，我也瞻仰了無數回。

講到《我的野蠻女友》，相信看過的人都會對片中男主角牽牛的那段「叮嚀」印象深刻吧。

不要叫她溫柔。
不要讓她喝三杯以上，否則她會逢人就打。
在咖啡館一定要喝咖啡，不要喝可樂或橙汁。
如果她打你，一定要裝得很痛；如果真的很痛，那要裝得沒事。
在你們認識的第一百天，一定要去她班上送一朵玫瑰，她會非常喜歡。

你一定要學會擊劍跟打壁球。
要隨時做好蹲監獄的心理準備。
如果她說會殺了你，請不要當真，這樣你會好過一點。
如果她的鞋穿著不舒服，一定要跟她換鞋穿。
她喜歡寫東西，要好好鼓勵她。

這是牽牛在叮嚀另一個男生要對女主角好一些，並且要做到以上十點時的台詞，看到這一段，很多人都會流下淚來。這是公認電影裡最令人感動的一段。

包括雨青，包括恆豪。但不包括我。

我不是不覺得感動，而是有另一個更令我感動的地方。就是女主角命令男主角跑到山的另一邊，然後對著他大喊：「你聽得到嗎？」

男主角這時只是揮手，不停地揮手，那距離很遠，天曉得他聽不聽得到。

然後，女主角開始落淚，繼續喊著：

牽牛！對不起！我真的無能為力……

牽牛！對不起，對不起，我真的沒有辦法……

我曾經以為我會很堅強，其實我只是一個軟弱的女孩……

牽牛呀，你知道嗎？我試圖在你身上尋找他的影子。對不起呀！

我知道我的不對，不過隨著跟你見面的次數增加，我心中的他總是愛妒忌你，

每當我喜歡你的時侯，我總會很有罪惡感，

讓我一個人去忘記吧。

然後我就會哭到不能自己。

當然我不是在介紹我的哭點在哪裡，而是在分享那情緒的爆炸。

這場戲讓我思考過很多問題。

「要曾經多愛一個人，才會想在其他人的身上找他的影子？」

又或者，「在別人身上找深愛的人的影子，是一種什麼心態呢？還是，這只是自然的？只要是人都會這樣呢？」

「要累積多少情感，發生過多少故事，才能愛上這個你覺得只是影子的人？」

「要有多少勇氣，才能承認他已經不再是影子？」

「要有多少勇氣，才能承認自己愛他？」

「要有多少情緒累積，才能說出這樣的對不起。」

然後這些問題就一再一再延伸，延伸到超過我腦袋的思考極限，無法得到答案的地步。

「如果因為種種原因，我沒機會再見到曾經被我傷害過的那個人，那麼那句對不起，該怎麼說呢？」

是的，我這麼問自己。

然後我把同樣的問題拿來問雨青。

「如果那些歉意已經沉重到、累積到哽在喉頭了，我一定會想辦法讓自己去說的。」雨青回答。

「那如果很難再找到那個人呢？」

「還是會試試看啊，至少有試過不是嗎？不然歉疚一直在，遺憾會好深的。」

「遺憾會好深的……」我聽了有感而發地重複了一次。

「是呀！遺憾會好深的。」她又重複了一次。

像是重複了我的歉疚，重複了我的遺憾。

所以，當恆豪問我「怎麼會想要做這趟旅行」時，我只是回他：「歉疚很多，遺憾會好深的。」

當然他這傢伙直腸子通腦袋，意思就是腦子裝大便，他絕對是聽不懂的。

於是我又補充說明：「我想去找以前的那些女朋友，然後，說聲謝謝與對不起。」

「為什麼啊？」他繼續問。

「我剛說過啦！遺憾會好深的。」

「深你老木啦！說謝謝跟對不起的用意是什麼？」

「就是……說謝謝和……對不起。」

「這不是廢話嗎？」

「但這是非常有意義，也很真誠的。」

「很有意義、很真誠的廢話？」

「畢竟，曾經的她們陪我走過的那些路，造就了今天的我啊。」

「今天的你很了不起嗎？」

「沒什麼了不起，不過比你了不起。哈哈哈。」

「放屁！」

他用鼻子噴了口氣，發出哼的聲音，然後喝了一口啤酒，喝完打了一個嗝。

碧昂絲的〈Listen〉已經唱完了。

「所以，你要去找你的前女友們？」

「嗯！」

「說謝謝和對不起？」

「對！」

「找得到嗎？」

「不知道，但要找。」

「結果白跑一趟怎麼辦？」

「至少跑過啦。」

「什麼時候去？」

「找時間，近期吧，跟我爸請個假。」

「你覺得你爸會准這種假嗎？」

「我當然會說是想休個假旅行，怎麼可能跟他講這個！」

「嘿嘿！營造公司小開要去找前女友們敘舊情囉！」他用噁心巴啦的聲音說著。

「不是敘舊情，你不要再搞錯了！」

「那如果舊情復燃怎麼辦？」

「基本上，我不擔心這樣的事。」

「怎麼能不擔心？這是絕對可能發生的事啊！」

「沒有愛怎麼燃啦？」

「如果她們對你有愛呢？」

「我沒有就燃不起來呀。」

「那林梓萍呢？」他問。

嗯，他講到重點了。林梓萍。

其實整個旅行的靈感就是由她而起的，如果不是她突然加了我臉書，我可能一輩子都不會這麼做，連想都想不到。

我把她排在我的最後一站，高雄。

我還記得她家住哪裡；我還記得她家附近有一間茶行，老闆跟老闆娘很好，他們的蓮藕牛奶很好喝；我還記得她帶我去吃的那間很好吃的鴨肉飯；我還記得我們最常說話，也最常發呆的愛河旁，十幾年前愛河整治還沒完成，我們看過河裡漂著死魚，卻覺得很浪漫。

我幾乎記得所有跟她發生過的事，也記得我跟她分手前說的最後一句話。

「我願意為妳下地獄，只求妳能因此而上天堂。」

十五年過了，我沒想到她還記得這句話，也沒想到她還記得我。

或許時間治癒了我心裡的傷口，但痕跡永遠不會消失的。

她在交友訊息裡寫下了這段話：

「我願意為妳下地獄，只求妳能因此而上天堂。」

凱任，你這句話，我紮實地記了十三年。怎麼也忘不掉。

今天，我想來跟你說謝謝，和對不起。

謝謝你曾經那麼愛我。

對不起，我那麼傷害你。

＊我願意為妳下地獄，只求妳能因此而上天堂。

其實那年說完這句話，我心裡是後悔的。我後悔說了那樣的話，因為那時我再也不想為她下地獄了。

大概在分手兩個月後，我整個性情變得複雜且容易暴怒。

我可以上一秒想吃牛肉麵，下一秒把端牛肉麵給我的人痛罵一頓。這麼說當然是誇張了點，但當時的情緒反差就差不多這麼大，整個人情緒反覆不定，而且很容易生氣，對任何事都提不起興趣，看任何事都不順眼。

就連恆豪都被我罵過，而且是莫名其妙的。

我不會把這樣的行為當成是受了情傷之後的正常表現，也不會這樣認為。我認為那是對我自己的自我否定，感覺像是在心裡挖了一個大洞，把自己埋在裡頭，卻又爬了出來，然後生氣自己爬出來幹嘛，為什麼不乾脆就死在那裡。

情緒都是負面的，而且沒有出口，於是什麼都看不順眼，連路邊小狗在撒尿我都能罵上兩句：「幹！尿三小？」

尿三小？

想到這裡，我突然一陣尿意。我才剛開過新店安坑交流道，就開始塞車了。這是北二高最會塞車的路段之一，起因是中和交流道的車流量太大，幾乎每天上下班時間跟假日都會回堵到這裡。

我正塞在車陣中，但膀胱已經滿了，怎麼辦？

這讓我想起，有一次我跟恆豪兩個人一起去東部四日遊，那年暑假我剛考到汽車駕照，我們塞在蘇花公路上，雨下得非常大，雨刷已經開到最快速度了，還是看不清楚路，雖然是白天，但所有駕駛都把車燈打開以策安全。

「我很擔心這種雨會不會造成土壤鬆軟，然後引發山崩？」

那時我開著爸爸的舊車，一輛克萊斯勒的十年老車，冷氣時好時壞。

「你應該先擔心我的膀胱。」坐在副駕駛座的恆豪說。

「唔？你……」

「對，我想尿尿。」

「幹！剛剛我們在蘇澳吃飯的時候你為什麼不尿？」

「那時候沒有尿啊。」

「你的尿還真會看時辰。」

「我哪知道會下這麼大的雨？我哪知道尿會這時候來？」話一說完，他馬上拿起置杯架上的罐裝咖啡又喝了一口。

「啊幹！你膀胱都要爆了還喝飲料！」

「對喔！」他這才發現。

「我等等找個地方停車讓你下去尿啦！」

「啊幹！雨這麼大怎麼下去尿？」

「那你就憋著吧。」

「憋不住怎麼辦？」

「關我屁事！不然你打開車窗，把你的小弟弟伸出去尿啊。」

「幹！這樣小弟弟會淋濕會感冒啦！」

「那沒辦法了，你只有下車尿這一條路了。」

「不要啦！」他堅決地搖頭，不一會兒，又說：「我想到了！」

他回頭拿起放在後座，裝飲料的塑膠袋，「就是這個！人類偉大的發明！我的救星！」

「啊幹！你要尿在裡面？」

「啊不然咧？」

「你最好尿準一點，如果你灑出來，我就叫你舔乾淨！」

話才剛說完，他已經拉開拉鏈了。

「哎唷……」他突然轉頭看我，「小弟弟要出來見人，感覺好害羞……」

「他媽的誰要看啊！你再講我就把你小弟弟分屍！快點尿啦！」

話才剛說完，我就聽到水撞擊塑膠袋的聲音。

然後，我就聞到尿騷味。

「喔！我的老天！」我大叫著，「都是咖啡味！」

顧不得外面大雨，我硬是把車窗按下，那時候我寧願讓自己潑點雨，也不想再呼吸到那恐怖的味道。

「喔——爽！」恆豪邊尿邊說。

想到這裡，我笑了起來，即便此刻我依然塞在車陣中，時速只有十幾公里，「飽滿」的膀胱也仍持續對我發出「警訊」。

我回頭看了一看後座，試圖找看看有沒有塑膠袋，但是沒有。不過就算有，我要一邊開車一邊尿也算是一種特技表演，而我自認可能沒有這方面的技術，於是做罷。只好忍著尿意繼續前進。

終於過了塞車的路段，時速錶的數字開始迅速增加，我的膀胱壓力也到了臨界點，但距離下一個休息站還非常遠，離下一個交流道也還有一段路。我思考著，是到路邊去隨地便溺比較好，還是尿得一褲子跟一車子比較好。

如果是你，你選哪個？

我把車停到路邊的缺口，那是平常高速公路警察在執勤時停車的地方，我把車停好，衝下車後迅速地拉開拉鏈開始尿尿，警車這時也迅速地停到我旁邊。

那是個有趣的畫面，我是說，如果我不是當事人的話，那會是個有趣的畫面。

我在尿尿，兩個警察下車看著我。是的，看著我，一句話都沒說。

「幹……」這是我罵在心裡的髒話，我當然不會說出口。

一時之間，我不知道是該繼續尿？還是把尿到一半的進度鎖回膀胱去？

當然我還是尿完了，只是花的時間比平時還要長。當下我心想，「我現在就像正在犯罪就被抓包的現行犯，人都殺了一半了，當然是要殺光後再來接受制裁，至少目的達到。」

等我拉上拉鏈，轉頭看著他們，準備接受制裁，他們看了看我，然後互看一眼，其中一個膚色比較黑的警察開口說了一句話：「感覺怎樣？」

我不由得想起當年恆豪在副駕駛座上尿尿的表情，噗哧笑了出來，「喔！爽！」我說。

「嗯，我也經常在那個位置尿尿，不知道為什麼，有種奇妙的快感。」警察說。

「唔……」我愣了一下，不知道該接什麼話。

「快走吧先生，這裡是不能停車的。」

「喔！好！」我向他們點了點頭，並且很快地上車。

「請記得在路肩加速到八十公里以上，再視情況切入車道。」另外一位警察叮嚀著我。

「嗯，我知道，謝謝。」說完關上車門，加速離開。

根據我知道的交通法規，在高速公路路肩停車要罰款三千，隨地小便罰一千二，所以我剛剛那泡尿價值四千二，不過遇到通融我的警察，所以省了一筆錢。

「旅程剛開始就有幸運的事發生，這趟旅行應該會很順利吧。」

重新開回高速公路車道上，我心裡這麼自言自語著。

看了一下時間，下午四點半。

如果一路都沒有塞車，大概五點半左右就可以到達旅程的第一站：新竹。
那裡住著我的第三任女朋友，她叫蘇玉婷。

＊新竹，我來了。

空缺

我說過，我是個悶騷的人，
人多的場合我不多話，因為我喜歡觀察。

在那次聚會裡觀察的結果，
我發現她明明就是那麼透明好懂的人，
為什麼被講得那麼難搞？

大概是她不喜歡笑吧。

07

蘇玉婷是我的大學學妹，小我兩屆。

當年我正為了跟林梓萍分手而百般痛苦時，就是她一直陪在我身邊的。

「學長，如果你想找人說話，歡迎來找我。」那時，她說。

會跟她認識，其實跟我們班一個男同學有關。

他叫侯建奇，一個身高將近一百九十公分的壯漢。

說他壯一點都不為過，因為他真的非常大隻，而且肌肉發達。

他爸爸是健身教練，也曾經是參加全國運動會的柔道選手，所以侯建奇從小就被爸爸訓練到大，有其父必有其子。

侯建奇在班上是個比較沉默的人，他脾氣很好但不多話，長得很清秀，但因為愛運動的關係，所以皮膚黝黑。他臉上時常掛著微笑，笑久了，就笑出一雙瞇瞇眼，使得那張臉更顯稚氣，看著他的笑容，再對比一下他的身高跟身材，感覺有點不太搭調。

某天中午，他找我一起去學校餐廳吃飯，那天我們遇見了蘇玉婷，那是我第一次遇見蘇玉婷，卻不是他的第一次。

「她每天都很準時在這時候來吃飯。」侯建奇說。

「什麼？」

「我是說她。」他邊說邊用下巴朝我們九點鐘方向晃了一下，「那個穿粉紅跟白色相間長T恤的女生。」

「喔？」我尾音上揚，好奇地轉過頭去看，結果那個方向有好幾個穿粉紅跟白色相間長T恤的女生。

「幹！侯建奇，那裡至少有五個穿一樣衣服的女生！」我說。

「啊！那應該是他們班的班T啦。我說的是那個長頭髮綁個公主頭的。」

「公主頭？」我又轉過頭去看，這次終於看到了。

看完當下只有一個心得：良家婦女。

她就是那種看起來很乖，書念得很好，好像人家說話大聲了點就會哭，隨便講個史前時代的恐龍級笑話就會笑得很開心，跳舞絕對不行，但是跳繩可能會拿冠軍的那種柔弱女生。

「喔，看到了，所以呢？」

「沒事，就……叫你看一下。」

「沒事叫我看幹嘛？一定有事啊！」

「就……我覺得她不錯啊。」

我這時恍然大悟，「唷？你喜歡她？」

「唔……」他不好意思地笑了一笑，「……就……滿欣賞的。」

「那就去跟她說話啊！」

「不要！」他用害怕的語氣說著，「我不敢啊！」

「那我去幫你說。」

「不要啦！」他拉住我，「別害我啊！」

「我哪會害你，我是在幫你耶。」

「不不不，不用了，我只要看到她就很開心了。」他說。

「這樣啊。那你知道她的名字嗎？」

他搖搖頭，「不知道。」

「什麼系的？」

他又搖搖頭，「不知道。」

「幾年級？」

他還是搖搖頭，「不知道。」

「你爸爸叫什麼名字？」

「嗯？」

「你不會不知道吧？」

「我當然知道啊！」

「那你要追一個女生，什麼都不知道要怎麼追？」

「就說我只要看到她就很開心了啊。」他再次強調。

我們找了一個離蘇玉婷大概有五張桌子距離的位置坐下來，然後那頓飯，我在侯建奇的表情看起來像是一隻春天來了處在發情期巔峰的公狗的狀況下吃完了。異常的不舒服。

你能想像一個長得清秀但很強壯很大隻的男生一邊發情一邊吃飯還一邊掉飯粒的樣子嗎？

之後大概有兩個星期的時間，我都是在同樣的情況下吃完中飯。古人說得沒錯，「很多事情都是習慣了就好，如果沒辦法習慣，就當那是床底下的灰，眼不見為淨吧！」於是，我開始學會一邊吃飯一邊念高等微積分，不去看他發情的樣子，和那些黏在他臉上的飯粒。

但事情這樣下去也不是辦法。

有一天我走在學校裡，正要從這棟大樓移動到另一棟大樓去上課，在路上遇到蘇玉婷，我很自然地走過去，我猜我搭訕的勇氣就是這時候開始培養起來的。

「同學妳好，不好意思，打擾一下，我是數學三的程凱任，程是工程的程，凱是凱旋的凱，任是任務的任。」

「有什麼事嗎，學長？」

「妳叫我學長，所以妳是學妹囉？」

「我是中文一乙的。」

「喔！看起來就是中文系的。」

「看起來？」

「就是妳看起來很有氣質的意思。」

「謝謝誇獎。有事嗎？」

「啊！是這樣的，我們班有個同學很欣賞妳，想跟妳通個信，email 就好，不知道妳願不願意？」

「學長……」

「嗯？」

「那個同學，該不會就是你自己吧？」

「喔不！」我連忙揮手否認，「我說的真的是我同學，我已經有女朋友了。」

「喔。」

「所以，不知道我同學有沒有這個榮幸？」

「呃……」她面有難色。

「如果妳現在沒辦法回答沒關係，給我妳的 mail，我再交給他，請他寫個自介給妳，如果妳沒有回信，那就表示妳拒絕，這樣雙方都不會尷尬，好嗎？」

「那……他是那種會一直寫信騷擾女生的人嗎？」

「我保證，他絕對不會做這種事，他善良得像隻就要被宰殺的豬。」

「啊？這是什麼形容？我不懂。」

「意思就是他是隻豬。」

「你的意思是他很豬哥嗎？」

「哇哈哈哈！」我大笑，「學妹，妳的聯想力一百分，不過他真的不是豬哥，我說他是豬，是因為他笨得只敢靜靜欣賞妳，卻連一句話都不敢跟妳說，他跟我說，他只要能看見妳就很開心了。」我說。

「所以，他常看見我嗎？」

「我們中午吃飯時都看得見妳。」

「這感覺好怪……」

「那這樣吧，」我想到一個方法，「我給妳我的mail，然後我們中午吃飯的時候，妳仔細注意那個跟我一起吃飯的很高大的男生，如果妳看了之後，願意跟他通信認識當朋友，那麼妳就把妳的mail寄給我，OK？」我說。

然後過了好幾天，我的mail除了助教跟教授寄來的催報告通知，還有一些同學之間亂寄的冷笑話跟A片連結之外，什麼都沒有。

本以為侯建奇應該是沒有機會了，卻在某個又冷又下著雨，接近耶誕節的下午，我沒帶傘，所以在系館的穿堂一邊搓著手取暖，一邊等雨變小一點的時候，蘇玉婷從我身後走來，點了一下我的肩膀，遞給我一張紙條。

「學長，這是我的mail，我叫蘇玉婷。」她說。

「嗨！好幾天不見。」我接過紙條，「妳怎麼不寄給我就好？」

「我的電腦很舊，這幾天壞了，修不好，所以在等家人匯錢給我買一部新的。」

「這樣啊，剛好我可以叫我同學幫妳弄！」

「你確定你同學不是豬哥喔？」

我笑了出來，「我確定。」

當天我就把 mail 交給侯建奇了。我還記得那時候他那驚訝又開心的表情，像是中了六合彩。

但那燦爛的笑容搭上肌肉結實的龐大身軀……

違和感還是很重。

＊我猜我搭訕的勇氣就是這時候開始培養起來的。

08

耶誕節前兩天，侯建奇錄了一捲錄音帶要給蘇玉婷。是的，錄音帶。我也是在那時才發現他會彈吉他。

那天早上沒課，但我已經醒了，只是賴在床上發呆，想再繼續睡一回。侯建奇連門都沒敲就衝進來，我猜是門根本沒關，我以為是我室友，結果不是，當他爬到我床上時，我以為是地震，轉頭驚見一張黝黑但稚氣的臉在叫我起床，更是嚇我一大跳。

我問他：「操汝母！人驚人可驚死人，兄台可知否？」

他說：「知也。」

我又說：「且今早無課也，兄台又可知否？」

他說：「亦知也。」

我再說：「既知，何苦擾吾清夢？」

他說：「夢汝母！吾知汝醒矣！」

我又說：「兄台因何口出髒言問候家母？」

他說：「汝問候家母先。」

我回他：「其乃敝人口頭禪也，勿怪勿怪。」

他說：「怪你媽啦！別哈啦了。」

我問他要幹嘛，他說他想寫封 mail 給蘇玉婷，約她耶誕節一起吃飯看電影。

「我請你吃今天的中餐跟晚餐，你一定要幫我。」他說。

「可是，我並不會寫信啊。」

「至少你有女朋友啊。」

「我女朋友不是寫信寫來的啊。」

「至少你有經驗啊！」

「你也追過女生，你也有經驗啊。」

「我每次都被打槍，沒成功過啊。」

「所以呢？」

「所以你要幫我。」

「我沒比較厲害。」

「至少比我厲害。」

「……」

「不然我請你兩天的中餐加晚餐，再加兩天的消夜。」

「兩天的中晚餐再加四天消夜。」

「三天消夜。」

「三天消夜，再加三天午餐。」

「成交。」

「先說好，我可沒保證約得到，這沒有保固的喔。」我說。

「OK 啦！」他說。

那天我們本來想寫一封超過兩千字的 mail，希望信中字字斟酌且寫滿了誠意，但重點其實只是：「耶誕節請妳吃飯看電影，可以嗎？」

那時，我像是古代教書的夫子一樣，侯建奇坐在電腦前打字，我在他後面走來走去，搖頭晃腦地提著詞，我說一句，他打一句。

但我們連二十個字都寫不出來，就別說兩千字了。

「第一句當然就是玉婷學妹妳好，這不需要講吧？」我說。

「這樣會不會太俗氣？」

「不然你想怎麼寫？」

「親愛的玉婷妹妹？」

「妹你媽啦！你西門慶嗎？」

「那……親愛的玉婷學妹呢？」

「嗯！這個不錯！」我說。

「那開頭第一句要說什麼？」

「就謝謝妳給我機會認識妳之類的話吧，先寒暄一下啊。」

「會不會不夠特別？」

「你想要多特別？」

「例如寫一段歌詞或是一首詩之類的？」

「你現在是打算當作文寫嗎？」

「不是啦，因為我們都知道她很有氣質啊，又中文系的，如果沒寫些有氣質的話，我怕她會覺得我水準很低……」

「那你想寫什麼歌詞什麼詩？」

「有沒有那種表達男生很欣賞女生的詩？」

「我怎麼知道？」

「不然歌也可以。」

我想了一會兒，「就郭富城的〈我愛你〉吧，張雨生作詞作曲，品質保證讚！」

「我愛你？這麼直接？」

「其實歌詞很含蓄啦。」

「我忘了怎麼唱耶……」

「就『我也有些不能忍的痛，你也有些藏不住的愁』……」

「幹！是哪裡痛哪裡愁？我不要啦！」他很用力地搖頭，「太明顯了！我要的是那種偷偷喜歡的，偷偷欣賞的，偷偷的不想被發現的。」

「那張學友的〈偷心〉好了。是誰偷偷走我的心——喔——我的眼睛看不見我自己——」我努力地唱了幾句。

「不要啦！」他又用力搖頭，「是我想偷她的心，不是她偷我的心！」

「幹！我要翻桌囉！你自己想啦！女朋友是你要追的耶！」

「便當跟消夜不要了嗎？」

「唔……」

「哼哼哼！」

「那……來首詩好了。」

「什麼詩？」

「明月幾時有？把酒問青天。不知天上宮闕，今夕是何年？」

「你是失憶症嗎？還不知今夕是何年呢。」

「這真的有含意的！」

「什麼含意？」

「你可以跟她說，因為不知道明月幾時有，所以你們可以一起喝酒，問不問青天就隨便啦。因為看著她的時候太神魂迷茫，像是身在天上的宮闕，快樂到以致於不知道今年是哪一年。」

「你的便當跟消夜快飛走了……」

「唔……」

「認真點！」

「我很認真啊！」

「認真想這什麼鳥東西？」

「幹！寫不出來不然你用唱的好了啦！」

這話啟發了他的靈感，像是天外飛來，剛好正中侯建奇的下懷。

「耶？」他尾音上揚，「可以喔！這個夠特別！」

然後他跑回他的寢室，我有不好的預感。

過沒多久，他就拎著一把吉他跑回來，他說他要用唱的，然後錄成一捲錄音帶拿給蘇玉婷，「肯定沒人這麼做過！」他說。

為了不讓有點生疏的琴藝扣分，我被他派去 7-11 買錄音帶，他在宿舍裡狂練和弦。

當我錄音帶買回來，只見他練到滿臉通紅。冬天時，我們宿舍的室溫最多只有十七、八度，他的額頭卻在冒汗。

「我感覺像是要上台去比賽的歌手，非常緊張。」

「只是要錄音，沒什麼好緊張的。只是有個更重要的問題。」我說。

「什麼問題？」

「你唱歌能聽嗎？」

「廢話！」他反駁，「我最滿意的就是自己的歌喉了。」

「那你先隨便哼兩句來聽聽。」

然後他用很開心的表情彈起吉他，哼了幾句王老先生有塊地咿呀咿呀唷，老實說，歌喉實在是不怎麼樣。

「呃……這歌喉你有信心嗎？」我問。

「那當然！」

「好，你有信心就好。」

「但現在有個比歌喉更重要的問題。」

「什麼問題？」

「你有沒有錄音機？」他問。

然後我看著他，他看著我，沉默了幾秒鐘之後，「人為便當折腰，是的老闆，我去借……」我說。

錄音機借回來了，錄音帶也買了，吉他也練了，可以開始唱了吧？

喔不，不行，還沒選好要唱什麼歌。

經過幾度想翻桌的討論之後，我們決定唱張學友的〈一路上有你〉。

但為了符合目的，我們特地改了歌詞。

歌詞改好了，錄音帶也放到錄音機去了，吉他和弦也練好了，只見他深呼吸一口氣，用食指立在兩唇之間，比了一個安靜的手勢，然後給了我一個眼神指示，我按下錄音鍵，他便開始唱了。

妳知道嗎？想給妳寫封信，是需要很多勇氣。
是天意吧，我在餐廳遇見妳，讓我差點停止呼吸。
妳相信嗎？想請妳看電影，是需要更多勇氣。
是天意吧，我想要約妳，耶誕節去看電影。
也許，冥冥中可能註定，那天……

他還沒唱完，隔壁就有人敲牆壁大罵：「幹！唱三小，吵死了！」接著又有人補了一句：「註定我等等就要去扁你！」

我們面面相覷，不敢繼續唱下去，於是先把帶子倒回去聽了一遍。錄音帶裡傳來：「也許，冥冥中可能註定，那天……碰碰碰！幹！唱三小吵死了！」、「註定我等等就要去扁你！」

因為那個幹字穿透力十足，錄得非常清楚，我們當然不可能賭蘇玉婷不會聽到這一段，所以這當然是不能用的，只能換地方再錄。後來我們想到系館附近有個安靜的角落，那兒絕對不會有人罵唱三小，只會有搖晃的樹、細細的雨，和十三度的低溫。

因為天氣冷，他的手指頭僵硬不聽使喚，聲音也冷到發抖，形成很自然但頻率不對的快速抖音，所以我們這一錄，來來回回聽了又洗掉，一共花了三個多鐘頭。

當天晚上，我替侯建奇拿錄音帶去給蘇玉婷，因為他錄音時冷風吹太多，晚上開始感冒全身無力。但他真的是個滿細心的人，他還把改編後的歌詞寫在一張紙上，夾在錄音帶盒裡，怕她聽不懂。

在那張紙後面，他寫了一段話：「如果妳願意，我的 mail 是 xxxxx@xxxx.xxx，我們用 mail 約時間好嗎？」

兩天之後，耶誕節那天傍晚，我正準備去接林梓萍一起去吃我們的耶誕大餐——滷肉飯，卻在校門口遇見蘇玉婷。

「學妹，錄音帶聽了嗎？」我好奇地問。

「聽了。」

「感覺怎樣？」我問。

「唔……不好聽……」她說。

＊怪方法不一定就是特別的。

附上改編歌詞：

妳知道嗎？想給妳寫封信，是需要很多勇氣。
是天意吧，我在餐廳遇見妳，讓我差點停止呼吸。
妳相信嗎？想請妳看電影，是需要更多勇氣。
是天意吧，我想要約妳，耶誕節去看電影。

也許，冥冥中可能註定，那天可能有人約妳。
一顆心在不安裡，飄來飄去，都是為妳。

約妳看電影，吃晚餐也可以，只求妳給個機會跟我出去。
約妳看電影，我請客沒問題，希望這個耶誕節有美好回憶。

09

跟林梓萍吃著耶誕大餐滷肉飯時，她說社團的人約她去ＫＴＶ唱歌，但她沒有問我要不要一起去，而我個人對於ＫＴＶ那地方比較沒興趣，再加上歌喉比侯建奇還要爛，所以沒跟。

吃完飯，我問她是哪間ＫＴＶ，想著要送她過去，她卻說她去搭捷運就好，這麼冷的天，不要讓我騎摩托車跑來跑去，我目送她走進捷運站之後就回宿舍。

我回到宿舍門口時，看見侯建奇一副心神不寧的樣子，站在外面那排公共電話旁邊發呆，「欸！你在幹嘛？」我戳了他兩下。

「嗨，凱任。」他無力地看了我一眼，打了個無力的招呼。

「怎麼了？」

「被打槍了。」

「你是說……蘇玉婷？」

「不然還有誰？」

「她怎麼說？」

「我今天中午接到她的 mail，她說她早已經跟別人約好了要出去玩，所以沒辦法跟我去看電影。」

「那就下次再約啊，又沒差。」

「可是我有點心碎的感覺……」他說。

這話聽起來像是阿諾史瓦辛格或是席維斯史特龍在跟你說他有點心碎，感覺有點噁心，但是想到他那麼用心地邀約，又對今天充滿期待，或許對他來說，還真有點心碎的感覺。

「我今天傍晚在校門口有遇到她。」我說。

「真的？她說什麼？」

「她說你唱歌……還不錯……」為了讓他心情好一點，我撒了謊。

「真的嗎？」他像個孩子一樣，因為一句話而高興了起來。

「真的。」

「我就跟你說過，我對自己的歌喉非常有信心。」

「是是是……」我轉身走進宿舍。

「明天午餐你要吃什麼？」他在我身後喊著。

「雞腿飯。」我說。

「好！我會買好等你一起吃！」他大聲回應。

然後不知道是哪一間寢室的人這時亂入了一句：「我也要吃雞腿飯！」

侯建奇應了一句：「吃大便啦！」引起宿舍一樓走廊的一陣歡笑聲。

侯建奇跟蘇玉婷用 mail 往來了幾封信之後，兩個人一起在學校餐廳吃過幾次飯，但始終沒有去看過電影。而他們吃飯的時候我都在，我一點都不願意當這種電燈泡，但是沒辦法，因為蘇玉婷會要求侯建奇找我一起去，我猜她是怕尷尬。

本來我只是一起陪吃飯，接著變成一起陪打球一起泡社團，常常我只是在那裡發呆，蘇玉婷就會跑來跟我聊天，當她跟我聊天的時候，發呆的人就變成侯建奇。

之後我們開始準備期末考，大三上學期接近尾聲。

那陣子宿舍裡幾乎所有的寢室都挑燈夜戰到天亮，所有人都在臨時抱佛腳，當然也是有那種勇者無懼的人在打電動。

某天，我書念到有點頭昏腦脹，室友也都在哀號的時候，時間大概是凌晨三、四點，侯建奇走進我的寢室，「我有話跟你說。」他說。

然後他把我拉到他的寢室。他的室友好像都嗑藥了一樣，每個人都戴著耳機在搖頭晃腦，還有一個正拿著香在拜桌上那張耶穌像。

我問侯建奇，他室友是怎麼了？「期末考症候群末期。」他說。

「這麼嚴重？」

「你室友不會？」

「不會，他們偶爾才會歇斯底里地鬼叫。」

「喔！那接近末期了。」他說。

「……」

然後他把我拉到他的位置，要我坐下。然後他指著電腦螢幕，要我把螢幕上的內容看完。

那是蘇玉婷寫給他的mail。我忘了她寫了什麼，只記得主旨是「建奇學長，我們就當朋友就好了，別再對我好，這樣我會愧疚，因為我有喜歡的人了」。

「我失戀了。」他說。

「嗯……看得出來。」

「凱任，我心情很差。」

「廢話，這當然會心情差，只是你怎麼會在期末考前夕跟她聊這個？」

「我只是想在期末考前告白，如果成功的話，那我念書的動力就會大增。」

「所以你怎麼說？」

「就寫信直接說啊。」

「然後她就回這個？」

「嗯。」

「你沒想過，如果失敗了怎麼辦？」

「我沒想到會失敗啊。」

「我的天！你也太單純了吧？」

「唉……我以為她喜歡我的。」

「你是用哪一點來以為？」

「我約她吃飯她都會答應啊，而且我們還滿常說話聊天的，以前追女孩子的時候，從來沒有這種狀況發生。」

「我更常跟你吃飯，更常跟你說話聊天，難不成我愛你？」我問。

「唔……」他愣了一下，「你……不要這樣，我喜歡的是女生……」

「幹！我只是舉個例子！你少噁心！」

「那……現在怎麼辦？」

「人家都說得這麼明白了，能怎麼辦？」

「所以沒機會了嗎？」

「看樣子，目前是沒機會。」

然後他就開始哀號了，並且出現搖頭晃腦的症狀。

這時他的室友之一突然搭腔：「喂！阿奇，你要不要拜一下耶穌？」那人手裡還拿著香要遞給他。

侯建奇把目光轉了過去，伸手接過香，然後站到那張耶穌像前面。

接著他室友口中唸唸有詞：「請上帝保佑我的室友，讓他這條迷途的羔羊能重返祢的懷抱，信耶穌者得永生，把馬子者一定成。」

因為那間寢室的氣氛實在太詭異了，我找了一個陪我去 7-11 買飲料的理由把侯建奇拉走，否則我想他們等等開始跳起某非洲土著的舞蹈也不意外。

那天侯建奇買了他這輩子的第一包菸，我還記得是七星的。然後他就再也沒戒掉了。

那天他要我陪他抽，但我不會，也不想學會抽菸。

我們也買了一些飲料，回到宿舍的頂樓，一開始他被菸嗆了好幾次，幾根之後，好像就習慣了。

「好像把那些煙吸進去，就可以把心裡的苦悶吐出來。」侯建奇說。

「那你有覺得苦悶少了一點嗎？」

「不知道，好像有又好像沒有，但……」

「但？」

「有個感覺我還滿確定的。」

「什麼感覺？」

「情緒找到寄託。」他說。

大三下學期的某天，接近傍晚，我騎著車從後校門出去，準備去接林梓萍一起吃晚餐。

我很少從那個門出去的，很少。但那天不知道為什麼，我就想從那個門出去。

然後我在門外看見一部車，車裡的一男一女正在激烈地親吻著。

我感覺不對，心頭一震。把車騎到不遠處停下，回頭等著那輛車的副駕駛座車門打開，並祈禱下車的人不要是……

她。

侯建奇說得對，抽菸不一定會吐出心裡的苦悶，但會找到情緒的寄託。

下車的那個女的是林梓萍。

我開始抽菸。

＊我開始抽菸。

我在關西休息站停留了一會兒，抽了根菸，上了個廁所，然後到販賣部買了一瓶水，因為那杯從麥當勞帶走的可樂已經沒氣了。

「沒了氣的可樂只是黑色的糖水，喝起來很空虛。」這句話是恆豪說的。恆豪的感官表達就是這麼特殊，至今我還沒遇到第二個跟他一樣的人。所謂感官表達特殊，是指他對一些很普通的事情有著非常不一樣的心得感受。

舉個例子，他開車時如果正在聽廣播，那麼他進隧道時就會把它關掉，因為他不喜歡隧道裡收不到廣播訊號疵疵擦擦嘰嘰喳喳的聲音，「聽起來很不舒服，感覺很絕望。」他說。

我從不曾聽過有人這樣形容那種聲音，絕望，聽起來好生動，卻無法體會。

跟他去看電影的時候，他特別喜歡慢動作的畫面，而且動作愈慢他愈喜歡。問他為什麼，他回答那些畫面讓他感覺好像看見底片在滾動，「我好像就真的活在那個畫面裡。」

而我真的無法體會，儘管我很愛看電影。

侯建奇追蘇玉婷追了將近三個月，連一部電影都沒去看過。

而我跟她第一次單獨出去，就是去看電影。

後來蘇玉婷向侯建奇坦承，她喜歡的人是我，在我跟林梓萍分手之後沒幾天，她千交代萬交代，叫侯建奇絕對不能跟我講，但他很輕易地就把她給出賣了。而我跟林梓萍分手的事，想當然耳，也一定是他出賣我的。

知道蘇玉婷喜歡我，其實我有點驚訝，不，應該說是很驚訝。我壓根沒想到她喜歡的對象竟然是我。

「你要對她好一點喔！」那個時候，侯建奇這麼交代。

「我沒有要跟她在一起。」

「不管，你要對她好一點。」

「我才剛分手……」

他打斷我的話，「你要對她好一點！」他字字用力地說著。

我還記得他眼裡那堅決和失落交雜的情緒翻湧，我猜那就像恆豪形容的一樣，當蘇玉婷跟他說喜歡的人是我時，他就像進了隧道收不到訊號的廣播電台，那疵擦嘰喳的聲音聽起來真的很絕望吧。

關西休息站距離新竹只剩二十幾公里，不塞車不超速的話，大概十五至二十分鐘就會到。我拿出手機，打開裡面的行事曆，上面寫了蘇玉婷的地址，還有她的手機號碼。

那支手機號碼是我陪她去辦的，她的第一支手機也是我選的。應該說，她堅持跟我買一樣的。

我在家用 Facebook 搜尋過蘇玉婷，結果有幾十個搜尋結果。有些沒照片，有些照片不清楚，有些根本不是她。我也試過英文拼音，結果相同，於是放棄。只能憑著以前留下來的地址跟電話去找她。

直到跟她分手以後，我才發現自己並不是很喜歡她，我只是在林梓萍身上受了重傷，血流如注，我的愛情在瀕死邊緣掙扎著，剛好她扮演了一個醫生的角色，雖然醫術可能不夠高明，但用來急救已經夠了。

「學長，如果你想找人說話的話，歡迎來找我。」她說。

這話像是電擊器，讓我從昏迷中醒來。

那年大三，下學期，我人生的第一個世界末日。

我把宿舍床位讓出，一個人搬到學校附近住，爸爸問我為什麼，我只說室友太機車，自己住比較安靜。

林梓萍的事，第一個知道的是恆豪，也只有他有資格當第一個。

那時他在台中，而我在台北。我打電話給他時，他剛回到宿舍，那時我們都還沒有手機，在我租屋處外面的一個電話亭裡，梅雨季節雨不停，我一個晚上講掉十張電話卡，抽掉兩包菸，一直到天快亮。

恆豪怕我自殺，我說幹你娘，要自殺也要先殺了那個男的再說，他說要陪我一起去殺，不過要連林梓萍一起殺才可以。

「但我希望她好好活著……」那時，我這麼說。

「幹！爛貨讓她好好活著幹嘛？」

「說不定……」

「說不定什麼？」

「說不定……她跟他在一起，比跟我在一起快樂……啊……」說完，我的眼淚就掉下來了。

當然林梓萍跟那個男的都活得好好的，什麼殺了他們的話只是說說而已，幾次我在校門口看見林梓萍上了那輛該死的車子，心就痛幾次。

「別去想了，學長，都過去了。」蘇玉婷拍拍我的肩膀，「晚上有空嗎？我們一起吃飯？」

蘇玉婷在那次的情傷中扮演了一個重要的角色，以一部戲來說，她的出場雖不華麗，卻紮實得讓人印象深刻。她填補了所有林梓萍和我分開後的時間空缺，午餐、晚餐、消夜、偶爾早晨的早餐、晚上逛夜市的伴、騎車到處壓馬路夜遊的伴、看電影的伴、講心事的伴。

卻沒有補到心裡的空缺。

「我陪你再久，只要你沒有給我那把進你心裡的鑰匙，這些都只是一廂情願。」她說。

不愧是中文系的，說話用字全都到位了。

一天晚上，我們去逛夜市，她提議要玩一個遊戲，「玩過比手畫腳嗎？」

「嗯，玩過。」

「那我們今天晚上就玩這個，一直到逛完夜市，好嗎？」

「會不會太無聊？」

「不會啊，很好玩的！」

「好吧。」我說，「閒著也是閒著。」

然後她比了一個三。

「三個字？」我說。

她點點頭，然後又比了一個一跟二。

「第一跟第二個字？」

她指了一下自己的肚子。

「肚子？」

她又比了一個二。

「肚子餓？」

「答對了！你看，不難吧？」

「所以妳肚子餓了？」我說，而她點點頭。

接著就是惡夢的開始，夜市裡一堆吃的，她一個一個比給我猜，猜到才能吃。肉粽、煎餃、鐵板燒、豬血湯、大腸包小腸……比到我們都已經吃撐了她還在比，一頓晚餐吃了兩個多小時才結束。

「剛剛那不叫晚餐，叫猜餐。」送她回宿舍的路上，我說。

「可是很好玩，不是嗎？」

「好玩是好玩，但玩這一次就夠了。」

「可是我有遺憾耶。」

「什麼遺憾？」

「都只有我比給你猜，應該要換你比了。」

「啊？」我有點傻眼，「我不會耶。」

「你會！」

「一定要嗎？」

「要！」

「可不可以下次？」

「不可以！」她很堅持。

拗不過她，我們在她宿舍的門口玩起了比手畫腳。

我想了一下題目，然後比了個三。

「三個字。」她說。

然後我對她鞠了個躬，她愣了一下，「謝謝你？」

我點點頭。接著我又比了個三。

「還是三個字？」

然後我指著她，豎起大拇指，「我很棒？」我搖搖頭，又比了一次，「我很好？」她說，我點點頭。

然後我考慮了一會兒，決定趁機把話說清楚。

我比了個八，「八個字？這麼多？」她笑了，似乎對這八個字有所期待。

我指了一下自己，然後比了一個大拇指朝下的手勢，接著指她，再揮揮手，用手指比出一個愛心的形狀，再指了一次自己。意指我不好，妳不要喜歡我。

她似乎看懂了，笑容漸漸消失，眨了幾下眼睛，只是靜靜地看著我。

「懂了……吧？」我有些遲疑地開口。

她搖搖頭，還是看著我。

我以為她看不懂，正想比第二次，她阻止了我，過了一會兒，她比了一個四。

「四個字？」我說。

話才剛說完，她就吻上來，用她柔軟的雙唇覆上我的。

想到這裡，車子正好要下新竹交流道，這是我旅程的第一站，成敗對我來說很重要，我鼓起勇氣，撥出她的電話號碼，那支我陪她去辦的號碼。

事隔十五年，她還在使用這個號碼嗎？會不會換過了？算一算，她也快三十四歲了，應該結婚了吧？她跟我說過，她想在三十歲前結婚，她不想當高齡產婦，說不定她現在已經是幾個孩子的媽了。

車子順著弧型的交流道平穩行駛，下高速公路時，我一邊思考著這些問題。

「您撥的電話是空號，請查明後再撥。」電信語音說著。

我又撥了一次，語音系統用同樣的台詞回應我，我怔怔地聽了幾次，卻捨不得把電話掛上。

電話是空號，等於機會去了一大半，因為我手邊的資料，只剩下地址了。

順著手機的導航系統找到她家，十五年前第一次，也是最後一次陪她回家的印象已經模糊了，只記得她家在中正路，不遠處有間教堂。不過我也只到巷口，並沒有進去。

我把車子開到她家地址附近，教堂還在，中正路卻完全不一樣了。

我在她家巷口停好車，徒步走進去。

她家門口有幾個五、六十歲的歐巴桑在聊天，她們見我一直往屋裡瞧，便問我要找誰，我說了名字，她們聽完互看了幾眼，輕聲說了一些話，似乎在討論著什麼。

「他們家很久以前就搬走了喔！」其中一位歐巴桑說。

「是喔，那是幾年前呢？」

「最少也六、七年了。」

「這樣啊，那沒關係，謝謝喔！」

「你找她幹嘛？」

「沒什麼事，我是她以前學校的學長，只是路過想來看看她。」

歐巴桑沒再搭腔，你一言我一語地繼續輕聲討論著。我微笑向她們點頭說謝謝，走出巷子後，開車離開新竹。

我撥了電話給恆豪，冬天的晚上來得很快。

「喂，出師不利，第一站就失敗了。」

「蘇玉婷嗎？」

「是啊。」

「都這麼多年了，而且你們才在一起幾個月，要找到也太難了吧。」

「看樣子我對這次旅行還是太樂觀了，我現在有點失落，恆豪。」我說。

「所以要放棄了嗎？」

「怎麼可能？」我拉高了音調，「堅持走到底！」

「那你加油。下一個是誰？」

「下一個是蔡美伶。」

「哇！」他歡呼了一聲，「這個精彩了！希望你找得到她。」

「我也希望。」我說。

掛了電話，我直接上了高速公路，往台中前進，並決定今晚就住在台中。

但一路上，在我心裡盤旋著的，都是沒有找到蘇玉婷的遺憾。

或許我該從現在就開始調適沒找到人的心情吧。

跟蘇玉婷分手之前，其實我想了一陣子，最後還是決定跟她分開，同時把話講明白，我知道自己並不是那麼喜歡她，我不能再自私地把她留在身邊。

如果做一個「適合當老婆」的排名，在我認識的所有女性朋友中，蘇玉婷肯定名列前三名。恆豪知道我跟她所有的事，他說她真是一個好女孩，說我沒有那個福氣，也還好這麼好的女孩不是留在我身邊，「她值得更好的歸宿。」恆豪說，我百分之百認同。

「任哪，跟你走過的這一段雖然不長，但很開心，謝謝你。祝你一切順心平安。」

在我把話說完之後，她笑著哭了出來，然後輕聲地說著。

我們交往之後，她就用我名字的「任」字稱呼我，後面再加個「哪」當語末音，聽起來很親切，像是親人的呼喚。

那天晚上在她的宿舍門口，她吻上我之後，我並沒有猜出她最後比的那四個字。回到我的租屋處，上網收了信，才看見她寫來的正確答案。

「心甘情願。」她說。

謝謝妳，玉婷。

祝妳一切，順心平安。

＊心甘情願。

11

車子繼續往南開，到了苗栗路段，速度突然慢了下來，最後完全靜止，高速公路瞬間變成大型停車場。

由於靜止的時間太久，天又已經黑了，晚餐時間大家歸心似箭，於是開始有人耐不住性子下車走動。

這一停，停了將近兩個小時。

我在車上打開廣播收聽路況，才知道前面有輛化學原料載運車翻覆，原料流滿了路面，因為都是易燃物，必須等到清理完畢才能通行，後方回堵的車輛已經綿延了十幾公里。難怪剛才一堆警車、消防車，還有拖吊車從路肩呼嘯而過。

這時我有點尿急，下車跨過路肩護欄，走下邊坡準備解放我的膀胱，發現邊坡上一堆人排排站，也都在解放。我看見幾個人拿著大外套圍成一圈，猜想那大外套裡面應該是女孩子在解放吧。

一堆車在高速公路上熄火，眾人下車走動聊天看星星等等的景象這輩子遇不到幾次，所以我感覺還滿新鮮的。停在我旁邊的是一輛休旅車，上面載了一家人，爸爸站在車外抽菸，坐在副駕駛座的媽媽轉頭跟後面的小男生說話。那小男生看起來大概五歲左右，他把手攀在車窗邊緣，探出半顆頭來，眼睛直盯著我看，看著看著，竟然皺起了眉頭。

我以為他要跟我玩扮鬼臉的遊戲，所以我也做了一個鬼臉。正當我在擠眉弄眼時，他說話了：「叔叔你在幹嘛？」

「我在跟你玩扮鬼臉的遊戲啊。」

「你有病嗎？我在大便耶！」他說。

很多人都說現在的小孩很白目，這話果然是真的。這該死的小屁孩。

他媽媽聽見立刻轉過頭來跟我道歉，並且訓了那孩子一頓，「誰教你亂講話的？快跟叔叔說對不起！」

「叔叔對不起……」小男生說完就縮回車子裡，不見人影。

「沒關係，沒關係，還挺可愛的啊，只是為什麼要在車上大便？」

他媽媽搶著回答，「因為他說天氣太冷，下車大便屁股會冷。」

嗯，果然是小屁孩。

這一停一共停了三個小時，晚上九點了，我肚子餓到一個不行。終於，前面的車開始動了，這時所有人都快步跑回自己的車上，像是科幻片裡的飛行員，在警報響起時，各自奔向自己的飛行器一樣。不過這時也有人還在邊坡上，來不及上車，那畫面看起來真是有趣。

不過後來看到新聞時就不覺得有趣了，那輛化學原料車翻覆時，撞上了旁邊的幾部小客車，造成兩人死亡，五人受傷。新聞畫面上，原料車的車頭差點衝到北上的車道，還好卡在中間的分隔島，不然死傷可能更慘重。

我在台中找了一間汽車旅館住下來，那是恆豪介紹的，「恆豪介紹，絕對很好。」他說。

從外觀看起來，那就是一間很高級的汽車旅館，進到裡面之後感覺更是。床超大，電視也超大，空間更是寬敞，室內挑高超過四公尺，我站在房間中央，隨意呼呼哈哈了幾聲，果然有迴音。

抱歉，因為我家是做營造的，也就是蓋房子的，所以有點職業病。

從床鋪到浴室要拐兩個彎，中間會經過一個放著一套沙發的小房間，燈光柔和，抬頭是玻璃罩頂，可以看見外面的天空，那看起來像是給情侶喝酒聊天培養情調用的小空間。浴室裡有一面非常大的玻璃，外面是小河流水跟小竹林的造景，河裡還有魚。

這麼好的汽車旅館，房價當然也就不是很好了。

我不由得想起這輩子第一次跟我去汽車旅館的對象，就是蔡美伶。

她是我交往過的女朋友當中，脾氣最差的一個，沒耐性，講話不溫柔，好聽話沒幾句，誇獎的話更少。跟她一起看電影，如果周圍的觀眾在講話或是姿勢怪異擋住銀幕，她會馬上請他改進，「請不要說話好嗎？」、「你擋到我了先生。」是的，她會這麼說。我在開車的時候，前面只要遇到龜車，先開罵的一定是她，「時間都你家的啊！路都你家的啊！」是的，她會這麼說。買東西遇到有人插隊，她會立刻請他排到後面，「請你排隊好嗎？」是的，她會這麼說。

她最討厭說廢話的人，其次才是說謊話的。「與其廢話連篇，我倒希望你用直接的謊話來騙我。」

我不清楚這話的邏輯，但她奉此為旨。

「有時候實話比謊話更傷人。」她說。而我好像就懂了。

恆豪對於我會跟她交往這件事抱持懷疑的態度，在他看來，她就是個看起來很有質感，說話就讓人反感的女人，「你怎麼會喜歡她？」他問。「大概是我在部隊裡看多了那些虛偽、迂腐又噁心的職業軍人吧，跟她形成強烈的對比。」我回答。

「我看你是喜歡她的外表吧！」

「外表當然是原因之一，但她很真誠啊。嘴巴賤了點，但很善良；做人直了點，但她不說反話，很愛你就很愛你，討厭你就是討厭你。」

「女人還是溫柔點比較好啊，那麼直接幹嘛？」

「我覺得她就是女版的你呀！」

他瞟了我一眼，然後點點頭，「喔！那真是優秀！」

她是我當兵時同梯的朋友，在一次聚會裡認識的，在赴約之前，同梯就跟我說過有個正妹會去，不過她很酷而且很凶，「她小我們一歲，屬蛇的，所以可能有毒，小心被咬。」同梯是這麼介紹她的。

對她的第一眼印象，就是她長得滿漂亮的，也因此很多男孩子會被她吸引，但同梯說她很難搞，很多想追她的男生都死在她的毒牙之下。後來聊了幾次天後得知，她也交過好幾任男友，卻都沒辦法在一起很久。「我覺得應該都是我的問題，不過這就是我啊，不愛我的就離開吧，大不了痛哭幾回，很快就會好起來的。」她說。

我說過，我是個悶騷的人，人多的場合我不多話，因為我喜歡觀察。在那次聚會裡觀察的結果，我發現她明明就是那麼透明好懂的人，為什麼被講得那麼難搞？

大概是她不喜歡笑吧。

是的，她不喜歡笑，我不知道為什麼。因此她的表情看起來總是臭臭的，像是心情很差，像是便秘了一個星期，坐在馬桶上兩個小時，卻什麼也拉不出來一樣。

我說的是表情，不是肚子裡的大便。

之後每逢跟同梯那掛的朋友出去，她都會到場。某次聚會中，我大膽地把臉湊近她的頰邊，然後故意嗅了一嗅，「你幹嘛？」她沒躲開，甚至沒把頭轉過來，只是用冷冷的語氣問我。

「因為妳總是臭臉，所以我想聞聞看，是不是有臭臭的味道。」我說。

她聽完的反應是愣了兩秒，然後開始哈哈大笑。

「妳應該要多笑的，妳笑起來很漂亮。」我說。

「沒事幹嘛笑？」

「比較漂亮啊。」

「不笑也很漂亮。」

「不笑叫冷酷，不叫漂亮。」

「你以為要本姑娘笑有那麼簡單？」

「我剛剛就讓妳笑了不是？」

「那是給你面子。」

「喔？那如果我又讓妳笑了呢？」

「有難度。」

「試試？」

「幹嘛配合你？」

「當是賭注吧。」

「賭什麼？」

「賭這週末的一次約會。」

這時她轉過頭來，嘴角微揚，冷哼了一聲，「你這招用過幾次？」

「這不是第一次，不過沒成功過就是了。」

「你用沒成功過的伎倆來試探本姑娘，是太有信心還是看不起我？」

「不好意思，目前在下只會這招。」

「那你還是去多練幾招吧。」

「抱歉，沒辦法，我目前正在報效國家，沒辦法在社會走跳，學不到別的招式。」

「在當兵？」

「是的，半年後退伍。」

「那等你退伍後多學幾招再來。」

「妳的青春有限，半年後年華已老。」

「才半年就年華已老，你也太誇張了！」

「我可以證明這一點都不誇張。」

「怎麼證明？」

「妳有沒有帶鏡子？」

她從包包裡拿出她的小化妝鏡，「要幹嘛？」

我拿過鏡子，打開，然後擺到她面前，「一分鐘前妳笑起來很美，跟現在鏡子裡的妳比起來，至少年輕五歲，也好看五倍。」

然後她笑了，帶著一點羞澀，「恭喜妳，現在的妳跟一分鐘前一樣美麗了。如果一分鐘就有這麼大的差別，何況半年？」我把鏡子收起來還給她，「而且我讓妳笑了，對吧？」

「你這招用過幾次？」她笑著問。

「第一次，剛剛突然想到的。」

「是嗎？」

「是的。」

「那你反應很快。」

「不，這是妳的功勞。」

「為什麼？」

「是妳逼出我這個潛能的。」

「那你還不快說謝謝。」

「謝謝。」

「所以這週末要去哪裡約會？」她問。

這話說完，我們都笑了。

「悉聽尊便。」我回答。

＊你這招用過幾次？

12

我是台北人，但在台中當兵，因為放假時間有限，不想把放假時間拿來坐車，所以回台北的機會不多，當兵兩年，回台北的次數不到十次。

同梯叫白正偉，我們都叫他阿偉，他是台中人，家境不錯，個性也不錯，好相處，沒有那種公子哥的氣息，人很單純善良，頭腦也很簡單，他說他這輩子最大的願望就是開一間餐廳，賣麻辣火鍋。

或許人生願望不大，就會跟他一樣活得很愉快吧。真的，他每天都開開心心的，就算被長官操到快爆炸了，他也是笑笑的。

阿偉家在台中大坑，一棟有大院子的別墅。房間很多，裝潢很漂亮。爸爸經商，長年在大陸，媽媽為了不讓爸爸在大陸包二奶，所以也跟去了，家裡只有他跟兩個妹妹。

第一次去他家時，我有點嚇到，因為他從來沒說過他家的情況，當他家的電動大門打開時，我被那個噴著水的假山造景嚇了一跳。他說那是他們家的祖地，爺爺那代留下來的。我放假大多都住在他家，不用錢，還有菲傭煮飯給我們吃。

他說他家還有好幾塊地，將來他也會分到一塊，「如果家產沒有被敗到需要賣地的話。」他開玩笑地說。

「到時候我想在自己的土地上面蓋房子，請你爸爸來幫我蓋會不會比較便宜？」

「應該會吧，我盡量替你跟我爸講看看。」

「我想蓋那種有日式別墅極簡風的房子。」他說。

「你想蓋什麼都可以，只要有圖。」

「所以圖也是你們畫？」

「不是，圖是建築師畫，我們只會蓋。」

「你家公司沒有建築師？」

「有認識的，很多。」

「所以他畫一畫，你們就照著圖蓋？」

「大致上是這樣，不過中間有很多流程的。」

「什麼流程？」

「要蓋房子得先規畫，規畫的工作就是建築師的工作，也只有他可以幫你申請建築許可，就是我們說的建造執照，有建造執照之後才能蓋房子。一般建築師都會有自己配合的營造商，也就是我們家這樣的，我們收到那張執照，才能依他畫的圖來蓋你的房子。」

「這樣就好了？」

「還沒，你總要住吧？」

「當然要住啊。」

「要住就要申請使用執照啊，有使用執照的房子才是合法的建築物，才能住人或使用，不然都是違建，是要被拆掉的。」

「這麼麻煩？」

「一點都不麻煩，你只要出張嘴，跟建築師說你的房子要長怎樣，其他的都是我們在做。」

「所以你將來會接你爸爸的公司吧？」

「沒意外的話。」

「那我等你上位了再叫你蓋就好，一定要算我便宜點喔！」

我就說吧，聽他說話，你就會知道他真的頭腦簡單、個性單純。

「那等你開麻辣火鍋餐廳的時候，我可以吃免錢的嗎？」

「沒問題！你吃！你要吃多少都可以！」他很慷慨地承諾。

後來他還真的開了一間餐廳，在二〇〇二年的時候，那時我們才退伍不到一年。不過餐廳賣的不是麻辣火鍋，而是義大利麵，整個落差很大。開幕時他打了電話給我，「凱任，帶美伶來吃麵喔！」他說。不過他的店才開一年就收攤了，所以我也沒去過。因為生意不好，他爸爸要求他把店關起來，去大陸發展。

當時在電話裡，我沒機會跟他說我跟蔡美伶已經分手了。

義大利麵是蔡美伶的最愛美食第二，她的最愛第一是米血糕。

記得是去年吧，米血糕被外國人評為台灣最恐怖料理第一名，理由是「一整片黑黑的，長得好恐怖，那真的能吃嗎」。

不知道她當時看到這個新聞有沒有破口大罵。

當兵放假時，阿偉給了我他家電動大門的遙控器，他說在家靠父母，出外靠朋友，他家就當自己家，別客氣。

然後我就不客氣了。

那時我放假時間一到，拿著假單走出營區大門，手機一定會收到蔡美伶的訊息：「出營區就打給我。」

偶爾我會提早打電話跟她說放假時間，她就會視情況，有時間就騎著車子到營區外面等我。當時同連弟兄看見她都瞬間變豬哥，鬼吼鬼叫吹口哨的都有，當我一走到她身邊，她會很刻意地給我一個擁抱。

然後你就會聽到：「銬盃！把郎欸七辣啦！西灰呀啦！」這是台語，意思是「別人的馬子啦，死會了啦！」

「所以我就說部隊真是一個可怕的地方，像是變魔術一樣，一個男生很正常地進去，都會很豬哥地出來。」她說。

我猜她也在罵我是豬哥。

我跟她在一起沒迸出什麼很燦爛的火花，也沒有很浪漫的橋段，因為我不會製造，而她也不需要。跟她戀愛會很快地有老情人的感覺，因為她的務實跟直接，她覺得生活才是最重要的。

「什麼鬼情人節，餐廳出什麼鬼情人套餐，通通都是騙錢的，本姑娘不吃這一套。」她說。為了這句話，我用力地給她拍拍手。

不過我相信一句名言，「每個女人心中，都住著一個小女孩。」

有一次她生日，我用當兵微薄的薪水買了一條項鍊給她，並刻意要她在隔週的放假日騎車來載我，然後莫名其妙地一直跟她聊西部牛仔的話題。

「駕駕駕！」我坐在機車後座故意鬼叫著。

「你是在駕什麼啦！」

「西部牛仔騎馬的時候，不都會駕駕駕地叫嗎？」

「這是機車，不是馬，西部牛仔騎馬也不會駕駕駕，是中國古裝片騎馬才會駕駕駕，而且現在也不是你在騎，是本姑娘。」

「既然是妳在騎，那妳可以駕兩聲來聽聽嗎？」

「本姑娘不想跟你玩這個無聊又幼稚的遊戲。」

「妳不覺得美國西部電影裡面的牛仔都很厲害嗎？他們會一邊騎馬一邊用繩子套住奔跑中的牛。」

「那是他們的生活技能吧？」

「不過我覺得我比他們厲害。」

「為什麼？」

「因為我不必用繩子就可以套住一個女人。」

「哼！」她用力地哼了一聲，「誰說本姑娘讓你套住了？」

「我有說是妳嗎？」

「嘖！你再說一次！」

「是妳，是妳，我確定是妳。」我說。

「算你識相，本姑娘不跟你追究……」

她話剛說完，我就從後面把項鍊替她戴上。

「你這是……」

「我剛說啦，我比西部牛仔厲害，不用繩子就能套住一個女人。」

她慢慢地把車停在路邊，然後捧起胸前的項鍊墜子，靜靜地看著。

我從後照鏡的反射裡看見她的表情，很美，很美。

我證明了那句名言是真的，她的表情真的像個收到禮物，很開心的小女孩。

「生日快樂。」我說。

「你這東西比繩子貴喔。」

「不會，才幾千塊，我用部隊的薪水買的。」

「但是我覺得它無價。」

「哎唷！真難得妳會說好聽話。」

「我不只會說好聽話，我還會做好事。」

然後她轉過頭來，抓住我的頭，一把把我親下去。
但是互相親到的不是我們的嘴唇，而是安全帽。

＊每個女人心中，都住著一個小女孩。

耿耿於懷

有沒有一種可能？
兩個人的關係説穿了只是一種互相需要，

愛情並沒有那麼偉大，可以包覆及解釋一切，
就算不是相愛的兩個人在一起，
只要他們能從對方身上找到一種……該説是解脫嗎？

然後這一切就成立了。

13

當我睡醒時，已經早上十點了，台中的天氣比台北好太多，我睡前忘了把窗簾拉滿，陽光透過簾縫直射進來，剛好照在我的胸膛上。

吃早餐的時候接到雨青的電話，她說昨晚她的手機沒有因我而響，猜到我大概已經開始這趟旅行了。

「我想謝謝妳。」我說。

「為什麼？」

「很少有女朋友願意讓男朋友去找前女友的。」

「如果你不做的話，遺憾會好深的。」

「是呀，我記得這句話。」

「而且我們談過啦，是我的話，我也會這麼做，這是有意義的，旅程中不管有什麼收穫，都會再一次看見過去的那些對錯，我相信那是對自己有幫助的。」她說。

「所以妳是相信我的。」

「嗯，我是相信你的。」

「恆豪說這種旅行很危險，有可能舊情復燃之類的。」

「如果真的發生這種事，那你就再也看不到我了。」

「我想也是。」

「不過我想你這一趟走完，沒有什麼舊情復燃，那我們之間會更確定一件事。」

「什麼事？」

「我們的婚姻，這表示你是真的要跟我一直走下去的，對吧？」她說。

雨青呀，就算我沒有走完這一趟，我還是會跟妳一起走下去的。

然後我們哈啦了幾句就掛了電話。

早餐店裡只剩下我一個客人，看看手錶，也難怪，十一點了，星期一這時間會在早餐店裡吃香雞堡講電話兼看蘋果日報的，如果不是跟我一樣休假中，那大概就是失業了。

這天的蘋果日報報導了一則新聞，說衛生署高官隱匿禽流感的疫情，很多養雞場都已經開始撲殺病雞的作業了，這件事才被搬上檯面報導。

然後我看了手上那最後一口香雞堡，又看了一眼報導，猶豫了幾秒鐘，還是把它吃下肚。幹！都剩最後一口了，有毒的話也早就來不及了。

離開早餐店之前，我看了一下手機的行事曆，先刪除了蘇玉婷的那一行，然後打開蔡美伶的。她是台中人，家住大里，但我沒去過，只到過附近的公園跟她以前的學校。跟她在一起時，我們大多是住在阿偉家裡，所以我沒有她的地址，只有她的手機號碼。

不過我有一個更有力的資料，就是她的公司。

昨天出門之前，我也在家裡上 Facebook 搜尋過她的名字，我猜結果大概有幾百個吧，不過讓我意外的是，蔡美「伶」不到十個，而蔡美「玲」有幾十個。

我該慶幸她爸媽給她取了伶字是吧？

她的臉書大頭照放了一張狗的照片，我不知道那是什麼狗，也不記得她喜歡狗，但誰規定臉書大頭照一定要放自己喜歡的東西的照片？

恆豪的臉書大頭照是一隻比著中指的手，我以為那是他的手，他說不是。我又以為他喜歡那張照片的感覺，他也說不是。「我喜歡套著那隻中指的戒指，很好看。」他說。

我的臉書大頭照是一張只有澳洲才有的「小心袋鼠過馬路」的交通標誌照片，照恆豪的邏輯，難不成我喜歡那隻袋鼠？當然不是，我只是覺得有趣，如此而已。

蔡美伶的臉書設定了，不是她的朋友就不能看她的塗鴉牆，而她的資料也只能閱讀到一點點，但還好資料裡寫著台中，寫著工作地點，而且她還加入了雙子座粉絲專頁（蔡美伶是雙子座的），我猜這八成就是她了。

我用手機 google 了她的公司，找到了地址，然後用衛星導航帶路，中午十二點不到，我就已經在她公司門口了。

那是一間日本料理餐廳，在文心路跟崇德路交叉口附近，位於跟文心路平行的一條不算寬的街上，生意不錯，透過窗戶看進去，裡面好像已經坐滿了。

我沒有下車，我猜如果她真的就在裡面的話，那一定很忙，沒空理我。

於是我開著車子，往大里的方向前進，我心想，去她帶我走過的那公園跟學校看看吧，兩點左右再回來，或許那時候她就有空了。

我跟她在一起將近一年半，包括了我退伍後回台北近一年的時間，因為前半年當兵，後一年遠距離，所以能相處的時間，幾乎都是她在配合我的。

「你有空就告訴我，我會盡全力去找你的。」那個時候，她說。

她就是這麼務實又貼心的人。

從她身上看見的那些小缺點，其實掩蓋不住她是個好女朋友的事實。

也或許就是她對我太好了，那一年半的時間，她把我給寵壞了。

我們的分手，是很不愉快的。

我一直以為那段時間跟她在一起，是我在照顧她，但其實她照顧我更多。是我不懂得珍惜。

跟她在一起的前半年，只要放假，我幾乎都跟她在一起，相處時間不算長，感覺還很甜蜜。偶爾她會跟我鬥嘴鬧小脾氣，但這些都還好，「女生嘛，哪個不鬧點脾氣呢？更何況這姑娘脾氣這麼拗。」我心裡是這麼想的。

我部隊的軍服是她幫我洗的，當然也包括了內褲。

我放假如果要回台北，車票也都是她幫我買的，她會陪我搭車到台北，再自己回台中。當然我覺得這是多此一舉，但她說「可以多陪你，我很樂意」。

我跟阿偉那群朋友聚會喝酒是她幫我擋的，她知道我酒量有待加強。

如果我喝掛了，是她照顧我的。我曾吐在她身上兩次，但她總是先幫我弄乾淨，才會清理她自己。

我們要去看電影，她會先把時間查詢好，讓我選擇；我們約好吃大餐，她會先把餐廳訂好，不讓我們白跑一趟；跟她一起出去過夜的旅行，也是她訂好房間，她從不會要求要去哪裡玩，「你去我就去，你不讓我去我生氣。」她會這麼說。

很多瑣事她都處理得很好，我只要人到了就可以。

阿偉那群朋友笑她也有被馴服的一天，她還是會逞強地說是我被她馴服了。

但，美伶呀，妳沒有馴服我，妳寵壞了我。

＊被寵壞的人，愛情也跟著壞了。

14

分手那一夜，我永遠記得那個星期六，我人在台北，蔡美伶在台中，當時她的工作是牙醫診所的助理。

照慣例，她會把休假時間排在假日，星期五晚上和星期六都是她會到台北來找我的時間。但這次她打電話給我，說要幫同事代班，所以不上來了。

那天是恆豪的生日派對，但其實他的生日早就過了，只是選個假日來慶祝。他有個朋友是夜店的公關，說認識很多女孩子，可以找來一起玩。恆豪當時沒有女朋友，一聽到這種好事，整個人都 high 了起來。

當天晚上，我們在夜店弄了一個私人包廂，酒開了一瓶又一瓶，遊戲玩過一個又一個。在場男生五個，女生十個，寡不敵眾，十個女人把我們全部的男生灌趴在地。

一直喝到隔天凌晨四點，我已經不知道醉幾回了。

一個女生半醉半醒地問我，送她回家順不順路，我只記得她那晚跟我聊得很開心，還有她的衣服好像不太合身，胸部一直有快掉出來的錯覺，而我根本不記得她的名字。

「搭計程車，怎樣都順路。」我說。

上了計程車之後，我沒有問她家住哪裡，只向司機說了我家的位址。

她沒問為什麼，也沒說話，我猜她是醉了，我也茫茫然的，我猜那就是所謂的豔遇了。

只是我沒料到，蔡美伶在我家樓下等了我六個小時，她說要給我一個驚喜。我壓根想不到，她這樣務實的女人，是什麼時候學會給別人驚喜的。

「沒想到我是給了自己一個驚喜。」她說。

我的手機裡有二十幾通蔡美伶的未接來電，還有兩封訊息。我的頭皮發麻，我的怒火中燒，我心裡覺得對她很抱歉，這個她是那個喝茫的大胸妹，不是蔡美伶。

大胸妹向蔡美伶道歉，「我不知道他有女朋友，對不起。」說完她就跑到路口攔車走了。我到現在還記得她那高跟鞋叩叩叩的急促跑步聲，我猜我當時的視線應該是停在她的屁股上，而不是蔡美伶已經落淚的眼睛。

其實我不喜歡回想當晚我們的爭吵，因為那讓我感到難堪。

為了不在我家樓下吵架引起注意，我用力地把哭到眼淚鼻涕亂噴的她拉到家裡，我甚至慶幸著，還好我家是做營造的，爸爸才可以送我一間房子，在自己的房子裡，她要怎麼吵怎麼摔東西都沒關係，我不跟爸媽住在一起，只要我不說，他們永遠不會知道。

那天我沒有承認我的錯，也沒有跟她說對不起，反而怪她沒事給什麼驚喜。

我們為此大吵一架，除了髒話之外，什麼難聽的話大概都說過了，她還甩了我巴掌，甩到她手痛，甩到她哭坐在地上，甩到我們都沒再說話。

「這樣也好，別再說話了，別再互相傷害了。」我當時心裡這麼想。

而我居然沒想到，其實是我在傷害她。

她在我家的沙發上坐到天亮，然後就走了。那是我最後一次見到她。

她走之前說了一句話，我至今耿耿於懷。

耿耿於懷。

雨青說過，有些話沒講，遺憾會很深的。

美伶，那句對不起沒向妳說，我的遺憾真的很深。

下午兩點很快就到了，我從大里趕回那間日本料理餐廳。

停好車，走進去，裡面只剩下幾個客人。一個年輕的小夥子跑過來，「先生，用餐嗎？一位嗎？」他問。

「不，我是來找人的，你們這裡是不是有個人叫蔡美伶？」

「有。請問哪裡找？」

「我是她的朋友。」

「請等一下。」

他轉身跑進後面的作業區，我聽見他喊著美伶姊外找，我的心跳愈來愈快，這時才想到，「我第一句話該說什麼？」

這時從作業區裡走出一個女人，胖胖的，還戴著眼鏡，跟我認識的蔡美伶完全不一樣。

「你好，你是？」

「啊！妳是蔡美伶？」

「是的，請問你哪裡？」

「呃……我可能弄錯了……」

我把事由稍微向她解釋了一遍，當然我省略了我們曾經是情侶，也省略了我做錯事的那一段。她也確定她不是我要找的蔡美伶，她才二十七歲（不過看起來不只），還說台中應該有很多蔡美伶，只不過她是少數有使用臉書的那一個。

我走出餐廳，拿出手機撥打蔡美伶的號碼，那是我最後一個機會。

電話通了，是個男的接的。

我說要找蔡美伶，他說他不認識。我又問他這號碼用了多久，他說很久了，至少七、八年。我說了聲謝謝抱歉打擾了，掛上電話，心裡的失落感非常重。

我坐上車子，深呼吸了幾口氣。打了通電話給恆豪，他說他正在診所掛號要看醫生。

「好像感冒了，頭昏昏沉沉的，還鼻塞喉嚨痛。」他說話充滿了鼻音。

「再次失敗……」我說。

「還是沒找到？」

「有找到蔡美伶，但這個蔡美伶小了八歲，但多了二十公斤。」

「說不定是日子過太久，年久失修，已經變形？」

「你當她變形金剛？」

「嗯，而且我確定她是狂派的。」

嗯，狂派的，他這話讓我笑了很久。

「可惜啊！本來要叫你也替我說聲抱歉的。」

「你幹嘛跟她抱歉？」

「是我的生日派對害你帶妹回家的啊！」

「我帶妹回家跟你沒關係，當年是我自己不好。」
「那現在怎麼辦？」
「不能怎麼辦，只能去南投了。」
「喔！盧宜娟？」
「嗯，是。」
「祝你好運。」他說。
我再一次把車子開往大里的方向，打算從那兒上高速公路到南投。
大里是蔡美伶的家鄉，從那年到現在，已經過了十一年，大里的變化也很大。
十一年前，她從我家離開時講的最後一句話，我至今難忘。
她說：「這招，你用過幾次？」而我卻說不出話來。
美伶，雖然沒有找到妳，但那句對不起，還是要告訴妳。
對不起。

＊耿耿於懷。

15

「有沒有一種可能？兩個人的關係說穿了只是一種互相需要，愛情並沒有那麼偉大，可以包覆及解釋一切，就算不是相愛的兩個人在一起，只要他們能從對方身上找到一種……該說是解脫嗎？然後這一切就成立了。同理，相愛的人也一樣，都只是在對方身上找到一種……解脫。」有一天，盧宜娟這麼說。

「解脫。」她又重複了一次。

「又或者說是，逃避。」她換了另一種說法。

不管如何，這些話都震撼了我。

十七歲那年，我參加了一個夏令營，地點在清境農場。

主辦單位不是救國團，也不是學校，而是我家附近的一個教堂。他們想藉由辦夏令活動來闡揚教義，順便替主耶穌吸收一些信徒，讓他們不再是世間迷途的羔羊。

我跟恆豪從小拿香拿到大，照理說算是信道教，但我們本身其實沒什麼宗教信仰，反正大人拿什麼我們就拿什麼，爸媽教我們怎麼拜我們就怎麼拜。對我們來說，佛祖、菩薩、耶穌跟聖母瑪利亞，只有本國人跟外國人的差別，「我猜祂們拿的護照絕對不一樣！」恆豪煞有其事地說，「但聽說釋迦牟尼佛是尼泊爾人，我猜祂應該有辦移民。」

照信仰的差異性來看，我們跟耶穌還有祂母親的距離很遠，耶穌不喜歡燃香的味道，聖母應該也不喜歡，但菩薩可能有燃香方面的癖好或是氣味上癮症，沒有香祂們會受不了，於是信徒們只好被當成蚊子薰到死為止。

雖然我們並不是教徒，但我們還是去了，參加那個夏令營。

恆豪舉了許多參加的好處：「聽說清境農場很漂亮，很好玩。」

「聽說只要五佰塊，可以玩三天兩夜！」

「聽說會有一些外國人去，我們可以學一點英文。」

「聽說你們班的班花會去，所以你才要去，但是你一個人去會怕，所以要拖我一起去，對吧？」我卻拆穿了他。

「幹……知道就好，可以不要講出來嗎？」

「還怕人知道？你明明就不是基督教徒，會想參加這種夏令營，肯定有鬼啊！」

「哪有一定有鬼？說不定我就是想投入耶穌的懷抱，不再當迷途羔羊啊！」

「好啊！那不用等到夏令營啊，你這隻作惡多端的羔羊現在就可以試著投入祂的懷抱了，請問你打算怎麼告解？」

他想了一會，「……咩——」他叫著。

我很抱歉他對耶穌的態度如此戲謔，請信徒見諒。但我可以保證他對班花絕對是真心的，他從高一就喜歡班花到畢業，儘管連手都沒牽過，他還是一往情深。

在我有限的記憶裡，他對班花告白過至少四次，但每次都只得到二字真言。

第一次他非常緊張，滿頭大汗地在回家路上攔下班花說：「我喜歡妳！」

班花說：「嗯哼。」

「別懷疑，就是嗯哼兩個字。」他說這話時差點翻桌，「誰來告訴我嗯哼到底是什麼東西！」

我們至今都還不太明白她的嗯哼是什麼意思。

甚至我們懷疑她可能連聽都沒聽清楚，只是隨意「嗯哼」敷衍一下。

在那之後，嗯哼變成恆豪的一種禁忌，只要他跟你講話，你嗯哼了他，他就會動手掐死你。

第二次，他在補習班下課時間在路口攔下班花，他說：「我喜歡妳！」

這次他確定班花聽清楚了，因為她的表情起了變化。

班花說：「哈哈！」

「別懷疑，就是哈哈，她連笑第三聲都懶！」他很生氣地說。

不過我聽完之後，笑了幾百個哈哈。

第三次，一堆他們班的同學「假在麥當勞念書討論功課之名行打屁聊天看漫畫講八卦之實」，他趁機遞了張紙條給班花：「我喜歡妳！」

這次不需要確定班花有沒有聽清楚，因為紙條是用看的，而且確定她不是瞎子。

班花退回紙條，上面多了兩個字：「麥亂！」

別懷疑，就是台語「麥亂」，不要鬧的意思。

第四次，畢業在即，以他的成績，要上公立大學，可能得等到下輩子才有機會。而班花的成績其實也不遑多讓，所以大概是英雄之間惺惺相惜的結果，他這一次告白得到的回應比前三次有人性多了。

他依然不改對白地說：「我喜歡妳！」

她回：「別了。」

這時我們突然覺得班花其實很有文學素養，這句「別了」一語雙關。

不只是要他別再喜歡她，同時也告訴他：「要畢業了，我們就此別了。」

在夏令營的三天裡，他跟班花的互動幾乎是零。

觀察他們相處的畫面，會覺得恆豪像一部機器人，當他走近她，想來點互動，她就立刻把他關起來。

我猜班花喜歡的是另一個長得很帥的混血男生。

幾乎是有他在就有她在，團康活動跟私下交流的時間，她一定會跟在他附近，儘管他周圍並不只一個女生在圍繞著。

「你看那個小白臉，像不像一坨剛離開腸道的大便，還透著光澤閃閃發亮？」恆豪的話聽起來有點酸。

「所以你的意思是，那些女生都像蒼蠅，包括你的班花？」

「不，班花是蝴蝶。」

「你看過蝴蝶去吃大便的嗎？」

「我相信她只是一時被迷惑了！」

「被大便迷惑的蝴蝶？」

「這聽起來怪怪的……」

「幹！蝴蝶跟大便都是你講的，你現在才覺得怪怪的，不會太慢嗎？」

「……我舉例錯誤可以嗎？」

「而且你來這裡的目的不是要投入耶穌的懷抱嗎？」我提醒他。

「耶穌在天上，比較遠，我想先投入班花的懷抱。」

「可是看起來她比較想投入混血帥哥的懷抱。」

「這時候就可以證明耶穌不存在，我正在愛裡迷途，而祂並沒有來引導我。」

然後他看著天空，「咩——咩——」長叫著。

我被他這個行為嚇了一跳，「你幹嘛？瘋了嗎？」

「我在給耶穌打電報，希望祂收得到。」他說。

如果我是耶穌，我會一把雷劈在他身上。

我就是在那個夏令營遇到盧宜娟的，她跟我一樣，家裡是拿香的，因為拗不過朋友，只好捨命陪君子。

嚴格說起來，她不算是我的女朋友，因為我們並不在彼此的身邊，連相處的時間都很少，可是這話說起來又有點不準確，因為從十七歲的那個夏令營開始，我們一直都有聯絡，直到她結婚那天。

前後一共十三年。

我們互相欣賞，而且對彼此之間有一種特別的感覺，可能文字無法形容，可能言語也不足以表達，這麼聽來好像很虛無飄渺，但我們都知道那感覺是什麼，而且確定那感覺是什麼，更重要的是，那感覺……

非常真實。

恆豪說我們是一對少了時間相處來確定要更進一步，還是各退一步的男女。

「但你們都很確定這就是你們要的關係了，對吧？」他問。

「不是耶，」我搖搖頭，「更準確地說，我們不要更進一步確定關係，也不想各退一步結束關係，是因為我們都知道，處在這個中間點，就是我們要的關係。」

「半個情人嗎？」恆豪試圖下個結論。

「我也不知道。」我說。

「用靈魂相處的好朋友。」盧宜娟說。這是多年之後，我們都已經變成成熟的大人了，有天在MSN上，兩人聊到了這件事，她所給的答案。

正中我的下懷。

我一直找不到好的名詞來定義我跟她的關係，她短短九個字就解決了。

虛無飄渺又非常真實的九個字。

一年，我也忘了是哪一年了，我跟她難得有時間可以相處，而且是一起出國。因為時間不多，所以我們選擇了澳門，理由是班機多、花費少、距離近，而且賭場跟美食很多，不會怕無聊。

其中一天晚上，我們在葡京酒店外面攬了一輛人力三輪車，要到議事庭前地，她看著那幾座澳門很有名的跨海大橋，看得出神，一語不發。

「想什麼呢？」我問。

「你看，這麼漂亮的一座都市，我要用多少相機的記憶卡才能拍得完？」

「記憶卡拍不完，腦袋也會幫妳拍下來啊，而且不是靜止的，是會動的電影。」

「電影裡有你。」

「不只我，還有妳，還有前面正在替我們拉車的大叔，還有剛剛在賭場贏了我一千塊港幣的莊家。」

一陣嘻笑之後，我們都靜了下來。

「凱任，你想用什麼方式過完這輩子？」她突然問。

「這是什麼問題？」

「如果讓你選，你想用什麼方式過完這輩子？」

「可以選啊？那太好了，先來個比爾蓋茲式的，然後來個布希總統式，最後來個王力宏或是劉德華式的ending。」我說。

「那如果我說，我想找一個人，那個人會帶著我過一輩子，我不想動腦筋思索，只要跟著他，你覺得這樣好嗎？」

「沒什麼好不好，只要那個人妳選對了就好了。」

說完，我的唇被一陣溫暖包覆。

澳門街道的車水馬龍，被輕輕的一聲「啾」蓋過。

議事庭前地到了。

這趟要七十塊港幣，好貴。

＊啾！

16

這並不表示她選的是我。

我是說那個吻所代表的。

在我眼中，父親是個成功的企業家，即使我家的營造公司並不是規模很大、全國知名的企業，但他一直把公司經營得很好，有穩定的業務量，也有讓我家不虞匱乏的收入，套一句我媽對我說的話：「只要你不是浪蕩子，我們家的家業夠你用一輩子了。」

而我媽就是我父親的盧宜娟，她從年輕時就跟著爸爸，一輩子沒出去工作過。「跟在你爸爸身邊，非常有安全感。他總是知道方向，我只要跟著他就好了。」媽媽說。

聽爸爸提過，當年他二十五歲不到，身上跟銀行戶頭加起來的錢不到一千塊。他很喜歡媽媽，一心想把媽媽娶回家，一天，他走到媽媽家跟我外公說：「我想娶你女兒，開個條件好嗎？」

外公很瀟灑地把爸爸帶到屋外，指著牆壁跟柱子問：「你有看到這裡貼著賣女兒三個字嗎？」

「沒有。」爸爸說。

「那你來這裡喊什麼條件？娶我女兒只要出條件就好啦？」

「那你說嘛，要怎樣才能娶你女兒？」

「我有給我女兒生腳，腳就長在她身上，她要跟誰走，她會自己決定。」

我聽得津津有味，「然後呢？爸，繼續說下去。」

「然後你媽就跟我說，她要嫁的人必須要有擔當，因為她要跟著他走一輩子，所以這個人不能迷路。」爸爸說。

「爸，那你迷過路嗎？」

「誰這輩子沒迷過路？」

「所以你也迷過路，那媽媽怎麼說？」

「凱任啊，一個男人的責任是帶著一個女人走，而一個女人的責任就是跟著那個男人，就算迷路了，也要給他信心，陪著他一起找到路。」

「所以你迷路的時候，媽媽也一直陪著你囉？」

「她很黏，從沒離開過。」

這麼聽來，爸爸就是媽媽的人生導遊，而媽媽是遊客。

那我會是誰的導遊呢？

我想，我不會是一個好的導遊，我更沒有什麼導遊執照，在人生旅途中，我也是常迷路的那個人，我想很多人都是，我身邊的好友們也都是，我們都曾經跌倒，或在不知名的迷霧中摸索，可能前面就是一堵牆，但我們卻不知道，然後一臉撙上去，血流滿面地罵幹你娘，才發現自己在罵一面牆。或是不遠處有個洞，足夠把你埋進去不被人發現，我們一腳踏空慘摔了一跤，爬起來時又罵了句幹你娘，才又發現自己在罵一個洞。

當牆不理你，洞也不可能有回應，你最後只能怪自己不夠聰明不夠懂事不夠智慧不能先知先覺，然後面對鏡子罵幾句操他媽的，看著鏡子裡的自己，你討厭他，卻得天天跟他在一起，直到他死，你的舌尖與唾棄都包裹著濃濃的心有不甘，怎麼吐都吐不完。

「我想用什麼方式去過這輩子呢？」這是個天殺的好問題。

突然覺得媽媽是個有智慧的人，盧宜娟也是。她們想找一個人帶著她們走完這輩子，她們不想思考太多哲學觀點太深奧的問題，然後提出一個自我說服的理論，接著對自己說：「Yes! Do it!」

Do what?你又不小心問了自己這個問題，然後一切都無解了。

我敢保證，她們肯定非常了解自己，才有辦法把自己跟人生揉捏成一團，然後仔細地看，仔細地想，最後才有辦法下這樣的結論。

「我想找一個人，那個人會帶著我過一輩子，我不想動腦筋思索，只要跟著他。」盧宜娟說。

這個他絕對不會是我，因為我沒想過自己的人生需要什麼樣的羅盤、多好的方向感。要攀往人生最高峰的那座山，我可能會因為自己沒有登山工具而放棄；如果要往下探索海底的驚奇，我也沒有潛水裝備和氧氣瓶。

我連副蛙鏡都沒有。

更別提要帶著她過這輩子。

你知道嗎？你肯不肯現在就試試？

把你所了解的自己跟你想過的人生拿出來，然後揉成一團。你能看出什麼呢？

二〇一〇年春天，有部電影叫作《Up in the air》，意思是雲端上，台灣翻譯成《型男飛行日誌》。

誰演的？當然是個型男演的，他也絕對是個型到一個不行的型男，喬治克隆尼。

他飾演一個替企業裁員的顧問專員，名叫雷恩。他的工作就是替許多公司的老闆開除員工。也因此他奔波於各個城市，走遍每一間公司，把那些在裁員名單上的人一個一個叫來，然後告訴他們：「你要回家吃自己了。」

和那些即將失業的人說話時，他從不曾說抱歉，也不曾說我為你感到難過之類的話，「這話沒用，」他說，「他們已經失去工作了，你為他們感到怎樣的心情，根本一點都不重要。」

出席每一場企業邀請的演講時，雷恩總會帶著一個背包，然後問在場的每一個聽眾：「這是你的背包，你希望裡面裝著什麼？」

進而衍生：「把你從小到大所有的東西都裝進去吧，那些櫃子裡和桌子上的東西、你心愛的玩具、陪你寫作業的鉛筆。再把你認識的人裝進去吧，從你最不熟的開始，然後是還不錯的，然後是交情好的，接著是可以說心事的，然後是你的家人父母兄弟姊妹，你的老公老婆，你的男女朋友，以及你的孩子。」

等到你裝好了這些東西，把它背到背上。

「感受一下，」他說，「感受一下背帶壓在你肩膀上的重量。」

我感受了，我想我會站不起來。

接著他又說：「現在給你一個機會，把這些東西全都拿出來，把背包清空，你想裝什麼進去？」

突然間，似乎要裝什麼都對，要裝什麼也都不對了，是吧？

雷恩一天到晚飛行，一年飛了三百二十二天。

這些旅程讓他累積了航空公司的哩程數，卻沒有為他累積人際關係。

他有個新來的同事叫娜塔莉，他以前輩的身分帶著娜塔莉到處飛。娜塔莉是個社會新鮮人，她以正面態度面對一切，包括人際關係，包括愛情。她對雷恩不積攢人際關係的性格感到非常困惑。而雷恩說：「這是我的人生，我喜歡把人生的束縛降到最低，親情愛情友情都一樣，我習慣一個人，我就是飛來飛去，這些東西會對我的行李造成負擔。」是的，他這麼說。

直到艾克絲出現。

對雷恩來說，和艾克絲的一切是那麼美好與契合。他喜歡她，她喜歡他，就是這麼簡單，他們對彼此承認喜歡，卻沒承諾過任何關係。

這就是雷恩說的「沒有束縛」。

這是一部很棒的電影，我不想提及太多內容，讓還沒看過的人失去觀賞的樂趣，所以我只說到這裡。看這部電影的當下，我旁邊坐著的是我現在的女朋友劉雨青，而我心裡想到的，卻是盧宜娟。

「有沒有一種可能？兩個人的關係說穿了只是一種互相需要，愛情並沒有那麼偉大，可以包覆及解釋一切，就算不是相愛的兩個人在一起，只要他們能從對方身上找到一種……該說是解脫嗎？然後這一切就成立了。同理，相愛的人也一樣，都只是在對方身上找到一種……解脫。」有一天，盧宜娟這麼說。

「解脫。」她又重複了一次。

「又或者說是，逃避。」她換了另一種說法。

不管如何，這些話都震撼了我。

在電影裡，艾克絲對雷恩說過一句話：「You are my escape.」對艾克絲而言，雷恩只是一種逃避。逃避什麼呢？逃避那日常生活的大齒輪不斷地滾動，偶爾將自己抽離，離開那個本來的自己。

我甚至能記得那整段話：「你不能闖進我的真實生活，對我來說，你是我的一種逃避。」

認識盧宜娟時，我們都沒有交往中的對象。拿雷恩的邏輯來說，我們都不是對方的固定關係。

我們看起來在戀愛，但我們不曾承諾對方什麼。我猜她害怕確定了什麼之後，就好像沒這麼輕鬆自在美麗了。而我也是。

我帶她參加過一場我朋友的婚禮，也就只有那一場，她在我的朋友面前出現，以一個朋友的身分，但看起來卻像是我的女人。

在場的人都問：「女朋友嗎？介紹一下。」

我們會同時搖頭，異口同聲地說：「不是。」

一次，我脫口問了：「妳曾經想過要當我女朋友嗎？」

「不！」她斬釘截鐵地回答，「沒有！」

「喔……」我因為她的「當機立斷」而感到有些失落。

「你失落了，是嗎？」

「是。」我點頭。

「這就是為什麼我們不要在一起的原因。」

「我不懂。」

「我還不是你的女朋友，這麼一個反應你就失落了，一旦在一起，會有更多反應讓我們感到難過，那麼，在一起有比較好嗎？」

一剎那間，我明白了她想表達的意思。

從此，我們再也不曾觸碰這類話題。

我們都知道，她喜歡我，我喜歡她，我們互相喜歡，但互不屬於。

如此而已。

後來她交了男朋友，我交了女朋友，卻仍保持聯絡，也一起吃飯喝茶看電影，聊自己的另一半是個什麼樣的人，分享一些沒辦法對女（男）朋友說的祕密。

我們不再牽手，不再擁抱，不再親吻，當然也不再上床。那段時間，我們看起來比情人的感情更好，但不是情人，只是朋友。

如此而已。

直到有一天，我的手機收到她要結婚的消息，當時我的女朋友還問我，「盧宜娟？這是誰？從沒聽你提過她。」

「一個好朋友，不常聯絡，但我們很喜歡我們的相處方式。」我說。

「前女友嗎？」她以一個女人自然卻無聊的直覺發問。

「不是。」

「漂亮嗎？」

「差妳一點。」

「你喜歡過她嗎？」

「我們互相喜歡過。」

「沒有在一起？」

「沒有。」

「為什麼？」

「不為什麼，我們覺得當朋友比較好。」我說。

那年，盧宜娟三十歲，我也是。

我找到那個帶我走一輩子的人了，所以，我的手指套上了他送的戒指。你要來嗎？

這是她的簡訊內容。那簡訊我還留了一年多，直到手機壞了。

然後我只回了一個訊息，就再也沒聯絡。

迷、路、中。

＊You are my escape.

17

盧宜娟的老家在南投一個滿熱鬧的鎮上，叫草屯。

我對南投的了解，大部分都是從她口中得來，她曾經說，如果可以，這輩子她都不想離開南投，就算要離開，她也絕對不想選擇台北。

「為什麼不要台北？」我問。

「因為你在台北啊。」她說。

當然這話是開玩笑的。

她隨後解釋，她去過台北幾次，發現就算只是賣咖啡的店員，都會一臉緊張地工作著。相對於這樣的生活節奏，南投才是適合她的地方。我說如果妳要那種田園寧靜式、山水唯一的生活，花蓮會是更好的選擇。

「喔！那兒太遠了。」她說，「我得爬過好多山才能回到我的故鄉。」

可是人生就是這樣，你愈是不想怎樣，後來就愈會怎樣。

可能很多人都有這樣的經驗：說他絕對不會跟某某星座交往，然後卻交到某某星座的對象，而且還很愛；說他絕對不會到哪座城市，因為有多討厭那裡，結果他就被命運安排到那裡，可能還因此愛上那座城市。

盧宜娟就讀的大學在台北，跟我學校距離不算太遠。畢業後，她考上了位於花蓮的研究所。

她剛上台北時，我們經常在一起消磨時間，每個星期都會約看電影、吃飯，偶爾打個球或是散步。她大一就開始被學長追求，但她一直沒答應；大一下開始被學長跟同學追求，她還是沒答應。有一次，她學長在ＫＴＶ辦派對，說邀了很多朋友一起，也包括她的同學，於是她去了，到場卻不見其他女生，只有五個男生。為了不失禮，她留了下來，卻因為不勝酒力而醉倒在包廂裡。

她在半醉時打電話到宿舍給我，「來救我，好嗎？我這才知道學長想灌醉我，帶我回家。」

那天我闖了好幾個紅燈，沒被撞死還真是萬幸。我的摩托車油門快被我催斷，排氣管的聲音像是要把汽油都給噴出來一樣。

到了ＫＴＶ，我直接衝進包廂，五個男生嚇了一跳，轉頭看我，她顛顛倒倒地站起來，我走過去扶住她。

「你是誰？」其中一個男生說話了。

「我是她朋友。」我說。

「你這是幹嘛？」

「她醉了，我來送她回家。」

「不用了，我們會送她回家。」

他們全都站起來推我，想把盧宜娟拉走，但她還是靠在我身上。

「會嗎？我很懷疑。」我說。

「媽的！你在說什麼？」開始有人沉不住氣了。

我正想回話，靠在我肩膀上的她說話了，「學長謝謝，但我不能喝了，是我請我男朋友來載我的，不好意思，我要先走了。」

在他們一臉錯愕的表情下，我扶著她離開ＫＴＶ。

後來聽她說，那個想追她的學長一直在問我的下落，說那天他被嗆很不爽，想找我聊一聊。

恆豪說：「你如果真要跟他聊一聊，一定要找我陪你去，我想看他多會聊。」

那天載盧宜娟離開ＫＴＶ之後，她說她不想回宿舍。而因為我住在男舍，基本上是不可能帶女孩子進去的。

「那妳想去哪裡？」

「路到哪裡，我們就到哪裡，好嗎？」她說。

於是我像無頭蒼蠅一樣亂騎，一路騎到了基隆。

那天，我們在港邊看海，等她的醉意慢慢退去。空氣中瀰漫著好多種味道，有漁船的柴油味，有港裡海水的臭味，還有些報廢船隻鋼鐵的鏽蝕味。

那天是我第一次吻她，她說那是她的初吻，我點頭說我也是。

「只是我們的初吻怎麼會發生在這麼臭的地方呢？」

「沒關係，至少妳的吻是香的，雖然帶點酒氣。」我說。

天微亮的時候，我載著她回到台北，在路上我問她：「妳說我是妳男朋友，是真的嗎？」

「別想太多，我要是不那麼說，我們就沒辦法離開那裡了。」

後來我一直想問她，我們彼此的初吻，都獻給了不是自己交往對象的人，會不會有遺憾呢？

但日子一久我就忘了問，遺不遺憾也就不那麼重要了。

而且我覺得，初吻的對象是她，其實是我的榮幸。

因為有快速道路的關係，從台中開車到南投，其實不需要耗費太多時間，但因為途中我又四處晃了一會兒，所以到草屯時，已經接近傍晚。我拿出手機，打開行事曆，把蔡美伶那一行刪掉，然後打開盧宜娟的。

她是我這趟旅程中，確定電話號碼跟地址都絕對不會變的唯一一個人，因為她說過，她絕對不會換電話，「不然你就找不到我了，不是嗎？」就算我們之間最後一次用簡訊聯絡已經是六年前的事，我還是相信，她是我肯定能找到的人。

在出發前的那間音樂餐廳裡，我跟恆豪討論過旅程中要找的女孩子，盧宜娟不是我的女朋友，卻是討論最久的一個。他一直對她有所疑問，為什麼我們能持續聯絡十三年，卻不曾真的在一起？「是不是你根本沒喜歡過她？」恆豪這麼說。

「不，我很確定我喜歡她。」

「那怎麼可能不想在一起？還是你不夠喜歡她？」

「不會不夠，很夠啊。」

「那你們就真的是一對神人了。」

「神你個頭。」

「我沒說錯啊！很多人都說，如果你真的很愛那個人，你心裡會有一股力量，把自己往對方推，想跟他在一起，想跟他說話，想見他，想知道你對他來說有多重要，想了解對方到底有多需要你。而這些你們都沒有啊，這不是神人，不然是什麼？」

「有互相喜歡就要在一起的規定嗎？」

「是沒有，不過你們應該要在一起的。」

「為什麼應該？」

「難道你從來沒有想過，她可能在等你開口跟她確定什麼嗎？」

「確定什麼？」

「確定要在一起啊。」

「她都說她不要在一起，她不想跟我確定關係了，你也知道的不是嗎？」

「那我就覺得很奇怪了，為什麼她可以跟別人確定關係，卻沒辦法跟你確定關係？」

「那你怎麼不問我，為什麼可以跟別人確定關係，卻沒辦法跟她確定關係？」

「對啊，我也覺得奇怪，為什麼？」

「這就是我跟她之於彼此特別的地方了，我們都覺得這樣就好。」

「你回想一下，你跟她相處的時候是不是很快樂？」

「是啊。」

「是不是感覺彼此最適合？」

「嗯……有這感覺。」

「結果最快樂跟最適合的沒有在一起。」

「會不會愛情就是這樣？相處最快樂跟最適合彼此的，最好不要在一起。」

「怎麼說？」

「因為在一起之後，就可能會變成不快樂跟不適合的了。」

「你這是結果論啊。」

「結果就是這樣，不是嗎？」

「那我就想問一個關鍵問題了。」

「什麼問題？」

「如果她其實是想跟你確定關係，只是嘴硬不說呢？」恆豪說。

「怎麼可能？」

「怎麼不可能？你知道這世界上最聰明的人是誰嗎？」

「誰？」

「史帝芬・霍金。他被人家稱作現代愛因斯坦，他就曾經說過一句話：我什麼都懂，就是不懂女人。」

「噗嗤！」我笑了出來，「所以你現在在暗示你比他厲害？」

「我是在說，如果他都不懂女人，你怎麼能確定她不想跟你確定關係？」

「就算現在知道答案，我們也已經六年沒聯絡了，況且她已經結婚了，來不及了。」

「不會來不及啊，你不是要出發去旅行了嗎？如果找到她，問問她吧，說不定會有答案。」他說。

所以我來了，帶著恆蒙的疑問，或許也算是帶著我的疑問。

離開台北之後，天氣就一直在變好。

到了南投，我把車窗打開，讓風在車子裡旋轉著，在空氣中，我聞到台北不會有的悠閒與清新。曾經跟盧宜娟一起走過的路都不一樣了，我這才想起，有多久沒到草屯了，又有多久沒見到她了。

如果她婚後有了孩子，應該也已經五歲了吧。

我拿起手機，撥出她的電話號碼，通了，卻沒人接。

我猜她可能沒聽到，或是在忙，我循著記憶中的路徑，配合導航，沒多久便找到她家。

這時電話響起，是她的號碼。

「嗨！迷路的人，好久不見。」這是她的開場白，六年不見的開場白。

＊嗨！好久不見。

18

我們在電話裡聊了一會兒，我告訴她我在南投，她說她大概猜到了，只是她不在家，而且家裡有爸媽的客人在，不方便約在那裡。於是我們約在中正路的麥當勞，為免太久沒見，人變老了認不出來，她說她要戴上防老粗框眼鏡，外加一條彩色的短圍巾。

「南投天氣不錯，圍圍巾可能會熱吧？」

「嗯，你果然忘了，我是非常怕冷的。」經她這麼一說，我才想起這件事。

「那麼，我要戴上什麼讓妳比較好認？」

「什麼都不用，我一定可以認出你的。」

我把車開到麥當勞時，看了一下時間，將近五點整。

大概等了十分鐘左右，一張很熟悉的臉貼到我的車窗上面。我嚇了一跳，搖下車窗，「小姐，有事嗎？」

「有，我在找一個掉了很久的朋友。」

「喔？他叫什麼名字？」

「程凱任。」

「哎呀！真巧，我也認識他。」

「是喔！那不知道他還記不記得我？」

「妳是？」

「我是盧宜娟。」

「哎呀！真巧，我也認識一個叫盧宜娟的女孩子。」

「是喔！那她有比我漂亮嗎？」

「呃……十幾年前，當我們都還年輕的時候，她是比妳漂亮的。」

「所以你的意思是，我這副防老粗框眼鏡沒有什麼作用就對了？」

「如果眼鏡有防老功能，那些整型美容醫學診所就都不用開了。」

然後她笑了一笑，「好久不見，凱任。」

「好久不見，宜娟。」

我們走進麥當勞，隨意點了東西吃。她說她正在減肥，所以只點一個蘋果派跟一杯熱紅茶。我是因為肚子餓了，所以點了雙層牛肉吉事堡餐，再加一個六塊麥克雞塊。

「妳剛剛一臉就貼上我的車窗，怎麼知道我的車是哪部？」

「凱任，這裡是草屯，不是台北。奧迪的雙門跑車不是天天都看得到的。」

「所以妳就猜是我。」

「我下意識覺得你就是這麼騷包。」

「買跑車叫騷包？」

「那我換個說法，叫低調的騷包。」

「那跟騷包有什麼不一樣？」

「沒有，還是騷包。」

我們選了二樓靠窗的位置坐下，我從頭到腳仔細地看了看她，「妳一點都不胖，為什麼還要減肥？」

「因為每個女人都在減肥，我本來是僅有的例外，但有一天，我起床刷牙時，突然從鏡子裡發現，天啊！我是個女人耶！那我應該減個肥啊！於是我就開始減肥了。」

「減多久了？」

「你這麼問是多餘的。」

「為什麼？」

「因為正常的女人會減一輩子。」

「照妳這麼說，很多女人的減肥都很失敗。」

「就是因為失敗，才要繼續減啊。」她說，「好啦，跟你開玩笑的，我沒有在減肥，只是剛好不餓，陪你吃點東西而已。」

我把番茄醬擠在六塊雞的盒蓋裡面，然後拿起薯條開始大快朵頤。

「你知道嗎？」

「嗯？」

「麥當勞的薯條是很毒的。」

「怎麼說？」

「有人實驗過，把薯條放了六個星期，它連發霉都沒有。」

「所以呢？」

「那正好，長命百歲呢。」

「所以吃多了會變木乃伊。」

「你想活那麼久啊？」

「應該說我不想太早死，因為還有很多事沒做。」

「例如？」

「例如環遊世界、例如發明時光機、例如跟林志玲出去約會……」

「凱任，六年不見，你變得這麼白爛？」

「會嗎？宜娟，我也六年不見妳，妳變得這麼有女人味？」

「你是在拐個彎說我老了嗎？」

「不，我是在直接說妳老了。」

然後我的肩上挨了一記巴掌。

「六年來，好嗎？」

「一切都很好。」她笑著，雙邊嘴角上揚，但沒有露出牙齒。

「那就好。」

「你呢？」

「我還是老樣子，待在爸爸的公司，一切從基層開始。」

「那很好，將來你爸爸的公司就靠你了。」

「我很怕他一手創立起來的企業，會毀在我的手上。」

「你得相信你自己，否則，你至少也要相信我的眼光。」

「妳的眼光？」

「你以為要當我用靈魂相處的好朋友有那麼容易？」

「當過那十幾年，我發現似乎不難。」

「因為那是你。換作別人，想都別想。」

「喔？」我驚呼一聲，「所以這是一種恭維跟誇獎耶，有獎盃嗎？」

「獎盃我早就給過你了，就是我自己。」

「那妳也拿過獎盃了，就是我。」

「不，你不是我的獎盃，你是我美麗的故事。」

「六年不見，妳變得會說話了。」

「其實不是，我只是變得更誠實了。」她說。

接著我們閒扯淡了一會兒，話題不知道為什麼轉到恆豪身上。

「其實夏令營那時候，他喜歡的那個班花有跟我聊到恆豪呢！」

「真的？妳怎麼沒跟我說？」

「是班花要我別講的，我這個人總是信守承諾，並且守口如瓶。」

「也是，妳總是說到做到，一句不換電話就是不換電話。」

「是啊！如果我換了，就有人找不到我了。」

「那班花怎麼說？」

「班花說，恆豪其實很可愛，她對他還滿有好感的，只是那種好感，比較接近對寵物的喜歡。」

「寵物？」

「是呀，寵物。然後我們女生就私下給他取了外號叫寵物。」

聽到這裡我笑翻，很想立刻打電話給恆豪，跟他說這個老故事的新訊息。

「因為他胖胖的，外型有點滑稽可愛，所以……」

「我一定要跟他講這件事。」

「你記得跟他說，別怪我這麼多年才說出來。」

「沒關係，都這麼多年了，而且他也結婚了，不會去難過班花的事了。」

「真的？他結婚了？什麼時候？」

「去年。」

「哇！那他一定更胖了。」

「是啊，妳怎麼知道？」

「結婚後的男人，大部分都會愈來愈胖的。」

「那我得……」

「你也結婚了？」

「不，我沒有。」

「那有女朋友嗎？有吧？」

「有。」

「在一起多久了？」

「四年囉。」

「那差不多了。」

「差不多？結婚嗎？」

「是啊！你都三十六歲了，早該結婚了吧。」

「沒什麼早不早該的，有些事情，時間到了，就自然會發生。」

「嗯，就像遇到某些人一樣，時間到了，他自然就出現了。」

「就像你的出現。」她說。

「就像妳的出現。」我說。

「就像我們唯一一次去澳門。」

「就像我們註定要去澳門，感覺像是美麗的蜜月旅行。」

「也像妳後來的男朋友出現。」

「也像你後來的女朋友出現。」

「也像妳先生跑進妳的生命裡，於是妳決定結婚。」

「也像我希望你來，你卻只跟我說你迷路中。」

「然後六年就過了。」

「然後我們就坐在這裡了。」

「這樣有比較好嗎？像現在這樣。」

「我們一直都很好的，不是嗎？你看看，儘管這麼多年不見，我們依舊如昔啊。」

「所以，妳是沒有遺憾的嗎？」

「要有什麼遺憾？」

「不瞞妳說，出發前，我跟恆豪談到妳，我說我會來找妳，他要我跟妳確定一件事情，而這件事也是我想確定的。」

「什麼？」

「妳真的從沒想過跟我在一起嗎？那麼多年的日子裡。」

她的視線停在我的眼睛裡，我感覺她好像能看透我的眼睛，直達我的靈魂，但她卻沒說話，只是看著我，然後伸手摸了一下我的頭髮，微笑著。

「怎麼了？很難回答嗎？」

「不，不難。」

「那，不想回答嗎？」

「不，不會。」

「那我在等妳的答案。」

「凱任啊……」

「是，我在。」

「全世界大概就只有你不知道我有多喜歡你了。」

「嗯？」

「我喜歡你喜歡到知道自己無法承受失去你，所以我寧願選擇不要在一起，那就沒有失去了。」她說。

「所以？」

「沒有所以了，我們這樣很好，不是嗎？」

「嗯……很好。」

那天我們在麥當勞聊到很晚，似乎想把這六年沒說的話，在那一晚說完。

我向她說明我這趟旅行的目的，她覺得很有意義。

我也告訴她，我已經跟女朋友談到結婚的事，時間如果確定，希望她能來參加。

「你叫一個很喜歡你的女生去參加你的婚禮，會不會太傷人心了？」

「妳也叫我參加妳的婚禮啊！」

「我其實是期待你來搶婚的。」

「開玩笑，這種事我相信沒幾個人有膽這麼做。」

「所以我是開玩笑的啊。」她笑了出來。

「就算妳是說真的，也來不及囉。」

我離開南投的時候，已經過了十二點。

因為她是騎著機車來的，我堅持開車跟在她後面，陪她回家後再離開，她拗不過我，只好答應。

在我離開前，她敲了敲我的車窗，示意要我下車。

我下車後，她緊緊地抱著我，跟我說保重，還有改天見。

因為南投我不熟，於是我打算開車回台中，找間旅館住一夜。

當我人在高速公路上，開著音響聽著音樂，以時速一百二十公里奔馳的時候，手機收到訊息的聲音，十分有穿透力地穿過音樂，鑽進我的耳朵。

若是平時，我應該是聽不見的，但或許是我猜得到會有簡訊傳來，而下意識地等待著吧。

我離婚了。五年前。因為我嫁的不是一個可以帶我走一輩子的人，而是我的天真。

我很想撥電話回去，但我的理智告訴我不可以。

恆豪要我小心舊情復燃，我一直把這句叮嚀銘記在心。於是我只傳了個訊息回去，完成我這趟旅程的目的。

謝謝，對不起。

＊全世界大概就只有你不知道我有多喜歡你了。

感性與理性

如果有可能解決的話，
當然雙方可以試著繼續走下去。

不可能的話也沒關係，
分手會是對彼此都好的一個選擇。

至少清楚了自己在這件事情上的盲點，
多學到了一個寶貴的經驗，

期許自己在下一個戀人身上，
不會犯相同的錯誤。

19

星期二，我在同一間汽車旅館醒來，房間不同，但整體的設計感覺是相同的。房間一樣大到有迴音，而我還是忘了把窗簾拉滿，陽光又透過簾縫照在我的胸膛上，很熱。

前一天晚上回到台中時，我的身體是疲累的，但精神卻很清醒。進旅館之前，我先到便利商店買了六瓶啤酒，還有一些零食，打算一邊喝酒一邊吃東西一邊看電視一邊等周公來帶我去下棋。我猜這會是漫長的一夜，因為我比前兩次沒找到人時更覺得失落。

我不禁問自己，如果找到人也失落，沒找到人也失落，那麼還有必要完成這趟旅行嗎？這跟我本來想像的完全不同，我一直以為，如果找不到人，那麼失落是正常的，因為心裡是期待的，期待落空當然會影響情緒。但找到人表示心裡的期待被滿足了，為什麼卻依然失落呢？

難道這趟旅行只是我天真地以為可以彌補或是完成些什麼，但其實不然？如果真是如此，那我走這一趟究竟所為何來？

我喝完了六瓶啤酒，也不知道到底喝了多久，整個人已經呈現半醉的狀態，天還沒亮，電視裡正在播放不知名的電影，內容似乎是地球人在打外星人的老梗，外星人是一堆蟲，看起來像是超大的甲蟲類，有的會飛，有的長了一堆尖尖的角。電影裡沒有我認識的演員，也沒有什麼高超的特效，只有會發出光彈的槍在到處掃射，人類和那些蟲的吼叫聲在房間裡迴盪，紅色的人血跟綠色的蟲液到處亂噴，在我的眼中，不管是人類還是外星人，他們都在旋轉，電視也是，下面透明櫃裡的冰箱也是，天花板也是。

周公在我還沒找到答案時，就把我帶去下棋了，以致於隔天起床時，看著我的手機孤單地躺在床頭櫃上，我依然感覺到失落，卻還是沒有答案。

退房時，我打了兩通電話，一通給恆豪，一通給雨青，很巧，兩個人都沒接。更巧的是，他們都在我吃早午餐的時候回電。

雨青正在忙她下一個大型活動，業主是一家歐洲知名的汽車公司，再兩個星期，他們就要舉行新車發表會。這類大型公司的活動經費通常很多，但要求也極高，而且會時常更動活動內容與計畫，所以承接活動業務的公關公司就會特別忙碌，因為你不知道業主什麼時候又要更改計畫。

我把電話接起，話筒那頭的她，說話語氣是很急促的，還有匆忙的腳步聲當背景音樂，我想她可能正要趕去什麼地方。

「聽妳的語氣，一定忙翻了吧，去開會？」

「剛開完，接著還有下一個，ＢＭＷ果然是一間要求完美的公司。」

「因為它是ＢＭＷ啊。」

「怎麼了，旅行順利嗎？」

「順利，我一切都好，只是跟妳報個平安。」

「好，我要忙了，你路上小心。」

「別忙到忘了吃飯，好嗎？」

「嗯，我會的。」她說。

雨青電話剛掛不到十秒，恆豪就打來了。我簡單地說了昨晚的情形，也跟他說了我的失落。他很高興我找到了盧宜娟，他說這是個好的開始，就算接下來的三個人都沒找到，也不算白跑一趟，「目標六個，如果最後只找到一個，達成率只有一成多。但失聯這麼多年了，人當然不好找，這種達成率已經算很好了。」他說。

「如果是你呢？你覺得你的達成率會是多少？」

「我跟你不一樣啊凱任，我只交過三個女朋友，而且都在台北，其中一個就是我現在的老婆，就算我窩在家裡不去找人，光看到我老婆，達成率就是三成三三，你還要比嗎？」

「我是說，如果你是我，你的達成率會是多少？」

「凱任，你問了一個笨問題。我的人生你不能幫我過，你的人生我也過不起，既然我不會有你的人生，也就不會有這趟旅行。」

「恆豪啊，有時候我還挺想跟你交換人生的。」

「堂堂營造公司小開，何苦來過我們這種平凡人的人生？」

「感覺你的人生簡單好多啊。」

「如果你有這種感覺，就表示你把生活過得太複雜了。」

「是嗎？我不覺得。」

「不，凱任，你一直就是個感性多於理性的人，情緒時常左右你的決定，你的人生自然就複雜許多。因為你不只要在意你的情緒，還得在意別人的。等到事情過了，那些情緒你依然沒有忘記，而別人的情緒你也依然記得。」

「你講得好像真有這麼一回事。」

「可不是？別人我不敢講，但要分析你的個性，我肯定有把握全對。」

「只是恆豪啊，你有沒有想過，如果人生可以交換，那或許會是一件很棒的事？」

「那一點都不棒，凱任，那只是換個人來演那些悲劇跟喜劇而已。」

「哎呀，難得你這張狗嘴裡吐得出這種象牙等級的高級語言。」

「我想你是真的很失落吧，而且我猜你不是想跟別人交換人生，而是想把你的人生重來一次，對吧？」

他說對了。

儘管我在電話裡不停地說 No No No，他都把我的否認當屁。他就是我那個二十幾年的好兄弟，了解我了解到一個透徹的地步，就算我不在他面前，只透過電話，他還是能知道我到底在說什麼，並且聽到我的話裡面藏著什麼話。

而我像是個蠢蛋，竟試圖在他面前隱藏一些什麼。

他說得對，我是個複雜的人。

我跟恆豪解釋，說得更正確一點，我不是想把我的人生重來一次，而是想好好地修正一些過去走過的路，所謂的修正，並不是指那些路是走錯的，而是指如果我有機會重來，在當下做個不同的決定，那我的人生就會不一樣。

但仔細想想之後，我發現其實不會有什麼不一樣，因為既然那些是「想重來」的部分，就表示那已經過了。

過了，過了，會用「過」字來說，就表示來不及了。

人生不是在公車站牌等公車，這班沒搭到沒關係，下一班沒多久就會來。你永遠不會知道你沒搭到的那一班公車，會有什麼故事在等你。

我現在之所以會在這裡，是累積了我過去所有的因果循環，才會引導我今天出現在這裡，在這條路上，在這座城市，在這間早餐店裡。如果真有哆啦A夢給我時光機這種玩意兒，讓我可以回到過去，針對任何我想修正的事情，重新做出決定，我今天就不會在這裡了，說不定現在我正在公司裡繼續工作著，或是早就結了婚生了孩子，或是根本不想繼承爸爸的公司，而正在從事我想做的工作。

也或者已經死了。

盧宜娟說，她從不曾後悔做了不跟我在一起的決定，因為她知道那會是對的。「沒有擁有就不會怕失去。」這話不停地在我腦海裡打轉。而我猜想，我之所以會想著把人生的某一段重來，希望能回到那個時間點，改變我們的故事發展，是因為我正在期待她過去的堅持是錯的。

「正在」期待她「過去」的堅持是錯的。

這話別說現實中辦不辦得到，光是在文法上，就已經是錯誤的了。

我不可能「正在」期待「過去」的哪件事是錯的，因為時間沒辦法重來啊。

況且，哪有什麼對跟錯呢？現在的一定是對的嗎？過去的一定是錯的？

沒有，沒有這回事。

時間之所以不會重來，是因為人本來就應該往前走。

吃完早午餐，我開著車子到了加油站，把車子加滿油，當站員問我要什麼贈品時，我差點脫口說出「哆啦A夢」。

「給我一些面紙吧。」最後我這麼說。

台中的天氣還是很好，儀表板上的溫度顯示器告訴我，氣溫是二十一度，我猜想台北應該不到十五度吧，這就是我一直覺得奇怪的地方，台中距離台北也才一百五十公里不到，為什麼天氣會相差這麼多呢？

而我接下來的目的地，天氣會跟台北差更多。因為我將前往台南和高雄。

我在台南要找的人有兩個，而我幾乎可以確定，其中一個這輩子再也不想看到我。

＊時間之所以不會重來，是因為人本來就應該往前走。

20

那個再也不想見到我的人，名叫姚玉華。

再也不想見到我，這句話是她說的。這是廢話，我知道。

但還原事發當時，她所說的內容並不僅僅這麼簡單這麼短，而是很長一串。奇怪的是，我記得當中大部分的字句，尤其是那些難聽的字眼。

「程凱任，我從不知道叫出一個男人的名字需要這麼大的勇氣，而感覺卻這麼地噁心！我希望在我有生之年再也不要看到你這張操他媽噁心的臉！你最好去死！現在就去死！馬上！操你媽的！」

對，這是她說的。但這不是完整版，大概是百分之八十的版本。

她為什麼這麼恨我？我想這是每個聽這故事的人都會好奇的問題。

既然好奇，我就直說了。

跟她分手之後沒多久，我就跟她最好的朋友在一起，而她誤以為我們早就暗通款曲。

故事說完，下臺一鞠躬。

我是說真的，故事就是這樣，我真的想就這樣下臺一鞠躬。

但她不肯，她不希望我下臺一鞠躬，她真的像個奪命鬼魂一樣，那一陣子拚了命地騷擾我，還做出一些讓人無法接受，甚至可能無法處理的事。

其中一次，她打電話來，說要跟我好好談談，我當然答應了！立刻！完全沒有猶豫！「好好地談」對當時的我來說，是多麼求之不得的一件事，像是在沙漠中走到快渴死了之際，有人要送你一瓶礦泉水一樣的求之不得。

到了她住處附近的一個公園，她坐了下來，時間是剛過十二點的凌晨，我聞到她身上濃濃的酒氣，混雜著應該是剛噴到身上的香水味。我以為她醉了，但她在電話中說話正常，見到她之後，走路和動作也一點都沒有喝醉的感覺，本想問她是不是醉了，但我怕這話可能會刺激到她，所以沒問出口。一陣沉默之後，我才剛要說話，她就要我閉嘴，然後拿出刀子，那是一把銀色的小美工刀，我根本沒看見她把刀子藏在哪裡，她拿出來，迅速地打開，然後直接割破自己的手腕。

我不知道該怎麼描述我驚嚇的程度，只能說，那當下，我全身的雞皮疙瘩從腳底衝到頭皮的速度大概只有一秒，如果雞皮疙瘩有引擎，那麼我肯定會聽到類似F1賽車的高亢聲浪。

所幸割得不算太深，但血流不少，我叫了救護車送她到醫院，她在車上甩了我好幾巴掌，皺著眉頭掉著眼淚卻沒有哭出聲音，她的血也同時甩在我的臉上和頭髮上，還有我旁邊救護人員的臉和口罩上。

「小姐，請妳不要激動，否則我要替妳打鎮定劑了。」救護人員一邊說一邊擦去噴到他臉上的血跡。我不知道他是否真的會替她打鎮定劑，我猜他是嚇唬她的，但我當下卻希望他真的給她來一針。

「你確定她是你女朋友？」救護人員看了我一眼，懷疑地問我。

「……」我沒說話，那時候我最好不要說話，因為我猜說什麼都會引起她的不滿。

「不愛惜自己的人，叫別人怎麼愛？」他看了我跟姚玉華一眼，然後像是自言自語地說了幾句。

我也是有了那次經驗才知道，醫院會通報警察來處理自殺案件，我就這樣被留在警察局裡做筆錄，但我想警察沒有在做筆錄，他只是在問問題，確定她是我的朋友，確定我們之間的關係，還有確定那一刀不是我的傑作。

一直到天快亮了我才離開警局，而我不敢回家。我衝回醫院，她躺在急診病床上睡著，點滴針頭插在她的手背上。

過沒多久，她醒了，原本緊繃的眉頭鬆開了，然後又纏得更緊，她用手扶著自己的額頭，呻吟著：「我頭痛……」

醫生告訴我，她喝了酒，加速了血液循環的速度，出血量比沒喝酒的時候多一點。而她那一刀幾乎就要割破動脈，經縫合止血後，已經沒什麼大礙。

「我想她是有計畫這麼做的。」醫生推測。

「嗯，我知道。」我這麼回答他。但我心裡想的是：「幹你媽的這不是廢話嗎？誰會半夜帶著刀子出來，然後突然一時興起，想說來自殺一下好了？」

「在這之前她受了什麼刺激，你知道嗎？」

「我們上個月分手了，我想你要問的刺激是這個。」

「在這之前，她有過類似自我傷害的舉動嗎？」

「沒有。」

「她有沒有在服用精神方面的藥？」

「沒有，至少就我所知是沒有。」

「所以她本來是正常的？」

「是的，除了分手後情緒比較不好控制之外，其他都是正常的。」我說。

是的，她原本是個正常的女孩子，至少跟我在一起的時候是正常的。

她是我的同事，我們都在我爸的公司裡工作。當初她來應徵行政助理，她的好朋友余涵香還陪著她一起來。

她們從念書時就是好朋友，那感覺大概就像我跟恆豪一樣，只是她們認識的時間沒有我們這麼長。她們都是台南人，畢業之後上台北找工作，像兩個懷抱著未來會很美好的夢想的小女生，期待台北的花花綠綠會為她們社會新鮮人的生活帶來一點不一樣的注入。她們合租了一層老舊的公寓，兩房一廳一衛，有個只能讓一個人通過的小陽臺，還一起養了一條小狗，母的，叫噗噗。

剛認識姚玉華時，只覺得這女孩子很天真，腦袋不算聰明，但做事很認真，主管交辦的事項她總是全力以赴，不過別人只要半天就能搞定的事，她總會做到中午過後，結果就是沒時間吃飯，只能餓著肚子繼續下午的工作。

因為她的座位離我不遠，當我看到她時常沒吃中餐、一直忙進忙出，基於同事情誼，我會在吃完飯之後，順便買個便當給她。

她會不好意思地說謝謝，然後問我多少錢。我買的是八十塊的便當，但我總會說是六十塊。「人家說台北的物價比較高，感覺也還好嘛。」她說。

我就說她是個天真的女生吧。

有一陣子，跟我比較熟的同事誤以為我在追她，大家卯起來替我們兩人製造機會，一直塞給我什麼電影優待券、某餐廳的兩人套餐八折券之類的東西，後來我才知道他們誤會了，把那些券都退回去，謝謝他們的幫忙。

我並沒有告訴她，我是董事長的兒子，應該說，我從不曾在任何一個同事面前提過我是董事長的兒子，不過同事久了，這種事瞞不住，就算她是公司的新人，過不了多久，她也會知道的。有一天，我又買了便當給她，電梯門打開時，看見她就站在外面，我把便當遞過去，她紅了臉，像顆快要過熟的番茄。

「小老闆，你不要再買便當給我了，我受不起的。」

「小老闆？」

「你不要以為你沒說我就不知道。」

「喔。這樣啊……」我點點頭，「但妳不要這樣叫我，我不是小老闆。」

「你是老闆的兒子呀。」

「那又如何？老闆是我爸，不是我。」

「以後老闆就是你了。」

「那跟現在沒關係，現在我只是妳同事而已。」

「但我不覺得你是我同事。」

「那我請問妳一下，妳吃下我第一次幫妳買的便當時，妳是不是覺得我是妳同事？」

「是，一個好同事。」

「那第二個便當呢？」

「也是好同事。」

「第三個便當呢？」

「還是好同事。」

「那既然都是便當，為什麼知道我是老闆的兒子，我們就不是同事了？」

「因為我已經知道你是誰啦。」

「好吧，隨便妳，妳真無聊。」我說。

我把便當交給她，頭也不回地往我的位置走去。

接著我聽到，她的高跟鞋敲在地面的聲音叩叩叩地接近。

「欸！你是什麼星座的啊？」

「問這幹嘛？」

「就問一下啊。」

「不要問，無聊。」

「講個星座而已，有那麼難嗎？」

「吃飽沒事座。」

「……沒有這個座……」

「公車博愛座。」

「這個老梗了，換個新的。」

「霹靂九皇座。」

「這是什麼？」

「哈！不知道了吧！」

「不知道就不知道啊，聽起來很無聊，一定是很無聊的東西。」

「妳會因為這句話，被霹靂布袋戲迷罵到臭頭。」

「你是霹靂布袋戲迷嗎？」

「不是。」

「可惜了，我想看你怎麼把我罵到臭頭。」

「……」

「哎呀！講一下啦！你是什麼星座的啦？」

「為什麼一定要問？」

「我好奇啊！而且我對星座很有興趣啊。」

「真的啊？」我故意睜大眼睛，表現出驚喜的樣子。

「真的啊！我很有研究喔！」

「是喔！這麼巧啊！」我繼續裝出那副表情，然後瞬間變臉，像消了氣的皮球，

「剛好我對星座沒興趣，告辭。」

接下來幾天，她每天都會追問我的星座，她愈問我就愈不想講，甚至還在公司發了內部的 mail，請所有同事不要告訴她我的星座，為此我還自掏腰包，買了一堆飲料來酬謝同事們的守口如瓶。

但不到一個星期，就有人喝了飲料不辦事，忘恩負義洩口風。

「啊哈！你是處女座的！」一天下午，她突然跑到我座位旁邊，像是中了樂透一樣地喊著。

這話一說完，我聽見好幾聲噗嗤在我四周響起，然後看到好幾個同事的肩膀不停地在發抖憋笑。

「知道了又怎樣？」我說。

「高興啊！這世上沒有藏得住的祕密！你可以用飲料賄賂別人不講，我就不能用其他手段收買情報嗎？」

「可以，妳高興就好。」

「哇哈哈哈哈！」她一邊笑一邊離開我身邊。四周同事的肩膀繼續發抖著。

我立刻就發了一封新的 mail，獎勵是夜市吃到飽一份，懸賞出賣我的人的姓名。

然後在接近下班時間，我收到了一封回信：

寄件者：xxxx@xxxx.com.tw

收件者：xxxxxxx@xxxx.com.tw

主旨：Re：揪出是誰出賣我的星座，懸賞夜市吃到飽一份。

內容：

那個人是我。你要請我吃夜市啊。

幹！出賣我的是我爸！

＊不過他沒有喝到我買的飲料，算嗎？

21

台中到台南的距離大概一百六十公里左右，不塞車不超速，大概兩個小時以內可以到達。不過我懷疑剛剛吃過的早午餐不太乾淨，我在新營休息站拉得亂七八糟，像是嗑了兩斤的瀉藥，拉到冷汗直流。

拉完之後感覺一陣舒坦，天氣很好，但刮著不大不小的風，冬末的氣溫還是偏低，風吹在我的冷汗上面，引起我一陣寒意，我不禁打了個寒顫。

我進販賣區買了一杯熱咖啡，要了一包糖跟奶精，走到車子旁邊，想拿出外套來穿上，卻看見三個男的正在對我的車子品頭論足。

這咖啡真的不好喝。

我走過去打開車門，對他們禮貌性地微笑點頭，他們退開了幾步，又走了回來，開口問起我的車子。

「先生，請教一下，你這輛車是奧迪的什麼型號？」其中一位看起來比較斯文的先生問。

「A5。」

「A5？A5有雙門的？」

「有。」我微笑地點頭。

「是喔！很漂亮啊！很有氣質又帶著殺氣。」他說。旁邊兩個人也跟著附和。

「謝謝誇獎。」

「好開嗎這車？」

「我覺得很不錯。」

「很快吧？」

「以台灣的狀況來說，很夠用了。」

「我看你把輪圈改過了，煞車也改了，看起來都是很貴的東西耶。」

「還好啦，就自己喜歡。」

「這車幾匹馬力？」

「原廠兩百一十匹。」

「那你現在還是原廠的兩百一十匹嗎？」

「不，我改了一些東西，目前大概兩百八十匹。」

「哇！」他們三人同時驚呼，「那一定超快的啊！」

「不，沒有，沒想像中那麼快，就是夠用，很順這樣。」

「兩百八十匹叫作夠用喔？你一定很常開快車。」

「不不不，不是，這些性能只是以備不時之需，我平常不開快車。」

我跟他們在原地聊了起來，所有的話題都圍繞著車子打轉，感覺他們對車子也是有興趣的。聊到後來，就拿出香菸，一人一根地抽了起來，討論車子的內容也愈來愈深入。

我本身對車子就興趣濃厚，一開始是受到爸爸的影響，後來開始研究並且動手花錢改裝自己的車，是被恆豪拉著一起的。

爸爸創業有成，終於有能力買第一部車時，他三十五歲，而那年我才剛上小學。

我不記得那部車的型號，只記得它是ＢＭＷ。

當年那部車要價將近五十萬，而一棟房子就差不多值五十萬。對於爸爸花大錢買一部這麼貴的車，媽媽一直很生氣。

大概半年左右，車子被偷了。爸爸雖然難過，但表現得很冷靜，反而是媽媽哭得很傷心，「那麼好的車就這樣不見了！」

後來爸爸陸續換了幾部車，每一部他都會做一些改裝。小時候看他改車看出興趣，於是我在騎機車的年紀，就開始自己動手改機車。

二十一歲那年，恆豪買了他人生的第一部車，一部中古老車，幾乎花光他打工賺到的錢，八萬塊。

當我看著他一邊看汽車改裝雜誌，一邊研究所有的改裝品，然後把那部本來只有一百匹馬力左右的車子，改到將近一百五十匹時，我對車子的興趣，就完全被燃起了。

我的第一部車子是爸爸送我的，跟別人相比，我真的比較幸福，雖然不是新車，但至少它是部車，而且是爸爸送的。車你們也認識，就是那部年紀大了的克萊斯勒，也就是陪著我跟恆豪東部四日遊的那一輛。

那年，我二十二歲。

到現在，我一共換過五部車，每一部都是爸爸的車，他不要的我接收，然後他去買新的。通常接收了車子之後，我就會再重新改裝一次，因為爸爸的改裝不符合我的需要。

所有跟我交往的女孩子當中，唯一對改車有興趣的，就是姚玉華。

其他的每一任，包括現在的劉雨青，她們總是不能理解，為什麼我要改車，甚至覺得我莫名其妙。

「一部車好好的，能開，什麼都沒壞，為什麼要把那些好的東西拔掉，然後換上一些自己以為很棒很好看但是卻好貴的改裝品呢？」她們總是這麼說。女人永遠想不透這一點，她們完全無法理解。

就像男人不能理解，女人為什麼手上指甲好好的，卻要去弄一堆像長瘤一樣的水晶，或是貼那些長到可以吊豬肉的假睫毛，或是花好幾萬買一個看起來很俗氣的包包背上街去壓馬路。

再怎麼說，男人的車只有一部，花錢改裝怎樣的，開出去也就那一部。但女人不同，她們的包包有好幾十個，每次出門只能背一個，回到家之後，隔天出門又換一個不一樣的，永遠都在換包包，每天都在做把這個包裡的東西換到另一個包裡的動作。她們花在包包上頭的錢，可能跟男人改一部車子一樣多，甚至更多，但她們卻不能把所有的包包一次帶著逛街，那看起來會像隻身上掛滿東西的驢子。

既然這樣，要那麼多包包幹嘛呢？

女人不能理解男人對車子的熱情，就像男人不能理解女人對愛美的追求一樣。男人把錢花在車子上是浪費，女人買包包跟精品就是花錢花在刀口上。我說這刀口的定義是誰定的？

本來我會跟女朋友爭執這樣的事，但後來我就看開了，所以我無所謂。女朋友對我改車有意見，我一律當耳邊風，她們一開始會抱怨，然後碎碎唸，唸久了之後就安靜了。

但是當姚玉華竟然很樂意一整天陪我在改裝廠改車試車，完全不會喊無聊，還會跑到旁邊來問東問西，想了解其中奧祕的時候，我突然覺得……

「這女人好正點！」

當然你可以說我很膚淺或是低俗，這樣就覺得很正點，會不會太容易滿足？但男人就是這麼容易滿足，只是女人們都以為我們要的很多罷了。

跟姚玉華開始發展關係之前，我並沒有……應該說從來沒想過會跟她有任何同事關係以外的發展。

簡單地說，就是「沒 fu」。

就我對她的了解，她就是個一天到晚在講星座講算命，四肢發達頭腦簡單，胸部不小屁股挺翹，講話沒什麼內容但聲音還算不錯聽，個性沒有公主病只是有點生活白癡，偶爾買個網拍就會用很爽很高興的表情對別人說：「哎唷！我又下標了！好罪惡喔！」這種呈現莫名其妙雙重性格的女人。

而這種女人，一直都不是我的菜。我沒fu就是沒fu。

但是當她有一天上班時，跑到我旁邊跟我說：「欸！我今天看到你的車，那輪圈有改過喔？輪胎很扁輪圈好大，看起來很有fu耶！」

不知道為什麼，我突然因她說那些話時的表情跟眉飛色舞，開始有fu了。

然後她開始會問我週末想幹嘛，問我有沒有興趣陪她去看場電影（不是一對一，而是找她的好朋友余涵香一起，我猜她不好意思把倒追我的行為表現得太明顯），或是問我要不要一起吃中飯之類的。

我索性告訴她：「我周末要去改車。」以為她會因此感到無趣而罷手。

但是她沒有。

「那……我可以跟嗎？」她說。

「改車耶。」

「對啊！」

「那種鏗鏗鏘鏘更換零件機油亂噴的改車耶。」

「對啊！」

「這妳也要跟？」

「為什麼不跟?是不能跟的意思嗎?」

「也不是啦……就……」

「那就好啦!我要跟啊!」

「……」

「幾點啊?」

「中午吧。」

「在哪裡啊?」

「我認識的改裝廠。」

「給我地址,我可以自己去,不用麻煩你來載我。」

「喔……」

「我可以帶我好姊妹一起去嗎?」

「隨妳高興,妳們不怕無聊的話。」

「那你可不可以答應我,改好之後要載我們飆一圈?」

「喔……」

「一圈不過癮的話,要兩圈。」

「喔……」

「或是三圈我們都可以接受。」

「喔……」

「那就這麼說定囉？」

「喔……」

就這麼說定了。

＊有 fu！

22

跟那幾位先生聊車聊開了，一時忘了時間，當他們說要離開時，我才猛然想起我要去台南。

時間將近下午四點，我從新營休息站出發，沒意外的話，半小時內就可以下台南交流道了。

我打開車上的反測速偵測器，它可以替我偵測到前方的測速照相，以及像小偷一樣躲在路肩的公路警察，讓我可以放心地把油門往下踩，讓引擎高亢地吼叫。

看著轉速拉高，檔位一檔一檔地往上變換，我想起坐過我車的那些女朋友，真的，我開快車時，她們每個人的反應都不一樣。

蘇玉婷會在我開快車時，用雙手把眼睛跟嘴巴同時摀起來，悶悶地說：「不要開這麼快啦……」

而蔡美伶喜歡逞強，「看你敢不敢開到兩百？」是的，她會這麼說。等我開到一百八的時候，她就會說：「好啦！我相信你敢，現在可以慢下來了。」

盧宜娟的個性比較冷靜，坦白說，我看不出她到底怕還是不怕，她就是靜靜的，什麼也不說。

姚玉華呢？她總是 high 到不行，會尖叫會大笑會一邊閉眼睛一邊說很刺激很恐怖，等速度一慢下來，她就會呼呼地大口喘氣，像是剛搭完雲霄飛車。

余涵香則是完全不讓我開快車，只要我油門踩深一點，她就會拉著我的衣服，用老師教導學生的語氣說：「不可以飆車喔。」

余涵香的個性比較文靜且極需安全感，或許是因為家庭教育的關係，她的一生過得非常穩定，沒有任何大起大落，父母親跟兄姊全部都是國中、高中老師，她也是老師，只不過工作的地點是幼兒補習安親班。

劉雨青討厭開快車的人，尤其是我。她根本沒有給我開快車的機會，她說：「我不希望自己換男朋友的原因是他車禍死了，我的人生不要有這種戲劇情節。」所以基本上，她肯讓我改車已經是法外開恩了。

那麼，林梓萍呢？

她是唯一沒有搭過我車的一任女朋友。因為當時我沒有車，所以她去搭別人的車了。

講到這個，就不得不稱讚一下恆豪的老婆，她是個有車手靈魂的女人，除了她開車的技術很好之外，她的心臟真的比我們都還要大顆。

有一次恆豪為了公事到香港出差兩天，回程的班機會在晚上十點半降落。她說要去機場接機，然後她忘了。

晚上十點鐘，她正在家裡編織要給恆豪的圍巾，猛地想起要到機場接機，抓了鑰匙上了車子一路猛飆，從木柵開到桃園機場，只花了三十分鐘。

重點是，她當時懷孕六個月。

本來以為這件事可以瞞天過海，她不講沒有人會知道。結果她沒講，高速公路警察局講了。恆豪收到一張紅紅的東西外加一張照片：「本高速公路路段限速一百一十公里，時速一百六十七公里，超速五十七公里。」

恆豪祭出禁車令，在他老婆做完月子前，都不准她開車。

我則是大大地稱讚了她一番，「妳是女車神！」

當然我不是在鼓勵飆車，請不要誤會。飆車不是好事，會害人害己，真的。

當我把油門放開時，時速表的指針指在一百七的位置，然後迅速地下降。路上車子不少，但前進的速度還算可以，台南交流道就快到了。時間是四點二十分。

這時我突然猶豫了。「我真的該去找姚玉華嗎？」

坦白說，跟她在一起的時候挺快樂的，假如把那些我實在是沒有辦法忍受或接受的事扣除不談的話（忍受與接受是完全不一樣的兩件事）。

這話聽起來是廢話，但我其實講得有點心酸。

一直以來，我對她的感覺都是「很可惜」，如果她不是那樣的性格。

要我一一細數她的優點，我可能要花很長的篇幅，因為她好像什麼都很好，體貼、不囉嗦、聽話、笑點低、沒公主病、獨立、可愛、身材佳（咦？）。

我只是在逛夜市的時候，看見一件好像、似乎、或許、可能、大概適合她的衣服，然後買去送給她而已（別怪我這麼不確定，我不會買女生的衣服），她竟然可以高興好幾天，而且捨不得穿。

「那件才三百九，老闆看我帥算我三百五，妳是在捨不得穿個鬼？」我說。

「哎唷！我怕穿壞了啊！這是你買的耶。」她說。

「誰買的都一樣啊！衣服買了就是要穿啊！」

「你買的不一樣。」她用很肯定的眼神看著我。

另一次，一早就下起大雨，我提早起床，開車到她的住處接她上班，還順道載了余涵香去安親班。在去公司的路上，她竟然哭了起來，我嚇了一跳，問她怎麼了，她只說：「你真好，知道下雨天我不方便騎車，還來載我。」

還有一次，我跟恆豪還有一群朋友在海產攤喝酒吃飯，聊到半夜，我也半醉了。她不敢開我的車，怕技術不好出意外，於是叫了兩部計程車，一個司機代開，幫我把車開回家停好，另一部載我們回家。到了我家，她在車庫裡監視司機把我的車停好，又把我扶進房間去躺好之後，才自己搭計程車回去。

這件事讓我很感動，但她的反應是：「這是我該為你做的呀。」

所以我才說，我覺得她很好，但也很可惜，因為她另一面的性格，實在讓人不敢恭維。那是她致命的缺點，會讓人很難跟她繼續相處下去。

第一，她喜歡算命。

我這個人對算命算是有偏見，但坦白說，朋友講或是長輩講我會聽，有用當參考，沒用當放屁。

但她不是，她總是信以為真，而且奉為真理。她三不五時就找網站算自己的紫微斗數或是命盤，幾乎每天都在 follow 星座運勢，平均一個月去拜拜四次，等於每個星期都要拜，不拜好像會死。

一開始我沒說什麼，後來我有點不耐煩，而她竟然為此對我不高興。接著我試著跟她溝通，可不可以不要這麼迷信，她說辦不到。我受不了地跟她說我沒辦法接受，她連理都不理我。

最誇張的是，她竟然可以為了星座運勢說，「處女座今天適合穿粉紅色」而要我照做，我當然抵死不從。那天我們大吵一架，我再也沒辦法忍受地說了分手，她哭哭啼啼地講了一整個下午，我勉為其難再給她機會。

而她依然故我。

第二，她疑心病很重。

不知道是不是因為她倒追我的關係，才讓她有這個毛病，她總覺得，其他女孩子接近我，一定有什麼企圖，即使只是朋友間說說話，她也會問東問西。

她是我這輩子第一個，也是唯一一個倒追我的女生，不幸的是我還被她追到。

我當然不是在說跟她在一起有多不幸，而是在埋怨我自己，為什麼這麼好追？

之前我有提到，盧宜娟傳結婚訊息給我時，當時的女友多問了幾句，而那個女朋友就是她。

而且那段對話還有下半部。

「為什麼她結婚要跟你講？」

「為什麼朋友結婚不能跟我講？」

「你們是不是有過什麼？」

「就算我們有過什麼，也跟妳沒關係。」

「我是你女朋友，你怎麼會說跟我沒關係？」

「我認識她的時候，妳還在念國中耶。」

「為什麼會聯絡這麼久？」

「這什麼問題？妳怎麼不問我跟恆豪為什麼聯絡這麼久？」

「不一樣，他是男的。」

「說不定哪天我們會變同性戀啊！」坦白說，我被她問得很不爽，而這麼不按牌理出牌地回答，主要是想化解我們針鋒相對的緊張氣氛。

沒想到她這樣就爆走了。

接下來的吵架我不想多說，但我承認，同樣的事繼續歹戲拖棚了一陣子。

第三，她生氣時總是口不擇言。

其實我早該看出這一點的。如果我再細心一點，我想她割腕的事情就不會發生了，但來不及，我後知後覺。

那些她罵過的經典髒話我就不多說了，因為無益，而且傷神又傷心。面對這樣一個極端的女孩子，好的時候一百分，壞的時候負一百分，感情在這種峰與底之間來回不停地震盪，是不可能會長久的。

我只跟她在一起了半年，好不容易，終於她答應分手了。

雖然一樣哭哭啼啼，一樣生氣飆罵，但還好，沒有罵出什麼驚天動地的髒話，也沒有什麼可怕的舉動。

「和平分手」那天晚上，我們在公園裡談了很久，期間我們喝了一點啤酒，我只喝了一瓶，她喝了五瓶。送她回家時，我按了電鈴，請余涵香下來扶她上去，因為她好像有點顛顛倒倒。

回家的路上，我接到余涵香的電話，她說姚玉華已經睡了，要我不用擔心。

「雖然她是我同事，但我想她明天開始，應該不會再跟我說話了。所以麻煩妳，如果她回到家有什麼心情不好的，請妳多陪她。畢竟這世界的愛情就是這樣的，先說分手的人，好像就是錯的。」我說。

「不是這樣的，你別這麼說。我認識玉華很久了，知道她是這個樣子的。你是個好人，我看得出來，你們沒能繼續在一起，是她沒那個福氣。」余涵香安慰著。

「還好妳是個老師，而她一直都像個孩子。老師專門在治小孩的，還好她有妳這個朋友。」

「朋友之間應該互相幫忙的。」

「謝謝妳。」

「不客氣，回家開慢點，好嗎？」

「好的，晚安。」

「晚安。」

隔天，跟我所想的完全一樣，姚玉華不再跟我說話，甚至她的表情跟態度，根本就是在昭告天下：「我跟程凱任已經玩完啦！」這八卦只花了一個上午的時間，就傳遍了全公司，我的MSN一直接到同事傳來的訊息，有的說「節哀」，有的說「恭喜」，有的說「辛苦你了」，還有人說「又單身啦！再度成為一尾活龍」。

還有人不說話，直接傳來一隻看起來很噁心的生物在搖屁股的圖片。

「這是什麼鬼？」我回他。

「替你跳舞慶祝恢復單身啊！」他說。

中午過後，這事就傳到我爸那邊去了，速度非常快。但我這次不是收到他的內部

mail，而是接到他的電話，要我到他的辦公室去。

「凱任，你在公司交女朋友，我已經沒說話了。你們的感情狀況不要影響工作，更不要把男女關係帶到工作上，影響其他同事！」爸爸嚴肅地說。

然後我被訓了一頓，心情爛到一個爆炸。

我撥了電話給恆豪，「晚上跟我去喝幾杯吧！」

「怎麼了？」

「分手了。」

「跟姚玉華？」

「是。」

「幹！那你應該要爽啊！你們分手本來就遲早的事，人鬼殊途嘛！」

「幹！我心情不好不是因為分手，而是我在公司交女朋友然後分手，搞得全公司都知道，被我爸狠飆了一頓啊！」

「什麼時候？」

「剛剛啊！」

「銬盃了，你爸凶起來不太像人，像地藏王。」

「幹！你才知道！」

「那是該喝幾杯沒錯。」

「幹！不醉不爽啦！」

「好啦！不醉不爽啦！」

結果那晚我們喝到爛醉，搭計程車的時候，還差點吐在人家車上，搞得司機非常緊張。

回到家洗完澡，稍微清醒了點，手機傳來快沒電的聲音。

拿起來一看，有四十一通未接來電。

都是姚玉華打的。

＊沒 fu 了。

23

我當然沒有回她電話，我不可能再自找死路地回她電話。

就算我想回她電話，看到四十一通未接來電，請問一下，你還會想回電嗎？「幹！這傢伙是瘋了嗎？連 call 四十一通是怎樣？什麼毛病啊？」我猜你應該會這樣想。因為我就是這樣想的。

相信大多數的情侶談完分手，並且經過雙方確定之後，就表示已經分手了，對吧？但我跟她偏偏屬於少數的那邊。談分手那天晚上，她是同意的，不是喝醉之後才同意的喔，我們是在還沒喝之前就講好了。

那天的狀況是這樣的。

我說：「我不知道妳怎麼了，或許妳也不喜歡那個黑暗的自己，但我不是沒給過妳機會；而且這段感情才走了半年，我就已經身心俱疲，我想是時候分開了，妳覺得呢？」

她想了好一陣子，那段時間是沉默的。

好不容易她開口了：「嗯，你這麼說就這麼做吧。」

我驚訝於她當下的冷靜，並且在心裡給她拍拍手。

然後她說：「真是個美好的夜晚，我恢復單身了，該慶祝一下吧，你可以去買些啤酒嗎？我們一起喝。」

我點頭說好，起身到附近的便利商店買了六瓶啤酒，然後回到公園裡，她接過啤酒，打開之後一飲而盡，我心裡有了不好的預感。

接著她開始數落我的不是，說我沒給她安全感，說我不尊重她的信仰，說跟我在一起讓她的脾氣變得更糟。

我沒有回話，我猜她在發洩。其實無所謂，如果罵一罵可以讓她感覺舒服一點，我可以接受。

雖然談判的後半段她還是有點失控，不過總算是分手了，對吧？

不，不對。

她反悔了。

我可以了解這種反悔是為什麼。

談分手的當下沒想清楚，只因為一時衝動、不想示弱或心有不甘就答應分手，卻沒想清楚，兩個人之所以會走到談分手的地步，不表示該是時候放下自己了嗎？

是的，那是最該放下自己的時候。在愛情裡，大多數的人都太自我了。

放下自我，去正視兩人之間的問題，才有辦法理出一個正確、清楚的頭緒，讓雙方在分手與否這件事情上，做出對的判斷。

否則，你將可能繼續一段錯的戀情，或是失去一個對的人。

簡單地說，兩個人談分手，一定是有什麼事情到了無法處理、無法忍受或跨越的地步了，對吧？

既然知道事情嚴重了，要能妥善地處理，應該是完全放下自己對分手的害怕與偏見，仔細聽一聽對方對於事情的看法，然後綜合自己的想法，再看看有沒有可以妥協、各退一步，或是找到彼此都能接受的處理方式。

如果有可能解決的話，當然雙方可以試著繼續走下去。

不可能解決也沒關係，分手會是對彼此都好的選擇。至少清楚了自己在這件事情上的盲點，多學到一個寶貴的經驗，期許自己在下一個戀人身上不會犯相同的錯誤。

這些話都是我認真想過得來的結論。我今年就要滿三十六歲，交過六個女朋友，以及一個不算女朋友的女朋友，面對分手的話題，我總是知道該如何理性地看待與解決。不是說我多有經驗，也不是在說我有多清楚自己要什麼，而是我知道自己「不要」的是什麼。

戀愛是感性造成的，而分手是理性決定的。

兩個人走到分手這條路時，不該再讓感性來主導，因為情緒常常會壞事，讓事情變得難以收拾（那些一天到晚把分手掛在嘴邊，一天要分好幾次的腦殘情侶不在這個討論範圍內）。

而她，讓感性來決定跟我在一起，也讓感性來決定跟我分開。

於是事情就開始變得複雜了。

她在公司裡刻意對我冷漠，這我可以接受，也能理解。

但下班後，她會在門口等我，我問她怎麼了，她不說話。接著我回家，她上計程車跟著我，我停好車，她會站在我家門口等我，我問她怎麼了，她還是不說話。我上樓，她打電話，我接了，她還是不說話。接著我下樓，拉著她上我的車載她回家，並且在車上問她有什麼想溝通的，她依然不說話。到了她家，我按門鈴，余涵香會下來接她，然後上演三個人站在公寓樓下，我沒說話，她繼續安靜，余涵香不知道要說什麼的戲碼。就呆站著，三個人，沒有面面相覷，而是各自看著遠方，慘白的路燈替我們道盡了一切，偶爾幾聲狗吠或是摩托車呼嘯而過，就沒有其他的聲音了。

這情況持續了兩個星期。

我好累。

後來我答應她，我們還會是朋友。在公司，我會主動跟她說話，看見她沒吃午飯，我還是會買便當給她。她從對我不理不睬，慢慢進步到時好時壞，我覺得這是一大突破，我不過就是一個無緣跟她繼續走下去的戀人，沒必要把彼此的關係弄得這麼僵。

一個月後，她突然提出辭呈，理由是自認為不適任這個工作。我並沒有多想什麼，但全公司都認為她提辭呈的主因是我。

好吧。這黑鍋我背，因為也沒有其他人可以背了。

父親因此又把我罵了一頓，並且再三警告我，不准再跟公司裡的員工有感情上的交集，也就是說，不准跟公司裡的人談戀愛。

不用他說我也會照辦，這種經驗一次就夠，我再也不敢吃窩邊草。

經過面試新人，然後用了兩、三個星期的時間辦理工作交接，她最後上班那天，我在公司傳了一個MSN訊息給她。

祝妳好運，有空可以再一起吃飯。

後來她找到了新工作，在一間大型量販店當內勤人員。

為了祝她工作順利，我找了恆豪跟他當時的女朋友，還有余涵香，一共五個人，在KTV裡開了一個上班族派對，規定男生要穿西裝加領帶，還要穿著擦得晶亮的皮鞋，女生要穿套裝，全OL的裝扮，要穿高跟鞋，但不能高於十公分。

也就是那天開始，我跟余涵香變得比較有話聊。

但我們彼此都有默契，在姚玉華面前，不能聊得太開心，否則可能會引起她的情緒反彈，然後一發不可收拾。

我承認後來是我犯規，因為我跟余涵香開始經常通電話，然後約下班後一起吃飯看電影，她文靜的氣質，還有總是微笑聽人說話的樣子深深吸引著我，每次跟她講電話，我都不想說再見，常常一哈啦就是一、兩個小時，那陣子手機通話費高達五、六千塊，還有一次將近八千。

一天晚上，將近十二點，我接到余涵香的電話。

本來以為她是打來跟我哈啦的，但電話接起來之後，她的聲音卻是顫抖的，我急忙問她怎麼了，她說：「對不起……但我不知道該找誰，我摩托車壞了，我不想麻煩你，剛剛撞壞別人的車……」

她講得有點不清不楚，我猜她是嚇到了，說話有點顛三倒四。

我問她人在哪裡，並且迅速趕到，仔細問清楚之後，才了解事情的狀況。

她出門買消夜，覺得摩托車怪怪的，但沒在意。買完消夜要走，剛發動車子，車子就衝出去了，她被車子往前拉，拉傷了手，也摔破了膝蓋。車子去撞到路邊停著的汽車跟機車，路人圍觀，她嚇得不知道該怎麼辦。

我替她把事情處理好，並且把車牽到我認識的機車行去按門鈴，老闆說油門線卡住了，所以車子才會暴衝，修一修就好。

我本來想載她回我家去擦藥，她說不用，於是我把她扶上車，送她回家。

「妳真的嚇到了，是吧？」我說。

「是呀！」她拍拍自己的胸前，「車子突然就衝出去，好恐怖啊。」

「看樣子妳得去收驚了。」

「我想是該去收個驚，你知道台北哪裡可以收驚嗎？」

「我不知道，但可以上網查一下。」

「嗯，好。」

「妳出來買消夜，結果消夜被柏油路吃掉了。」

她想了兩秒便笑出來，「哈哈！是呀！滿地的消夜，柏油路也吃太好了，生氣！」

「那我載妳去吃消夜？」

「現在？」

「不然呢？現在不是消夜時間嗎？」

「我不能太晚回去，明天還要上班。」

「我也要上班啊小姐。」

「那你要去哪裡吃消夜？」

「通化街那裡有一間半夜才開的牛肉麵攤。」

「好吃嗎？」

「湯很棒，會飛起來。」

「那如果我喝了沒飛起來怎麼辦？」

「那我可以把妳抬起來，假裝妳飛起來了。」我說。

＊假裝有飛起來。

24

台南到了。

印象中，上一次到台南已經是四年前的事了，那時剛跟雨青在一起，她公司接了個活動，要在台南舉辦，我閒著沒事，開車載她到台南，順便品嚐台南的美食。

余涵香說過，她在台南長大，直到高中，體重都在五十至五十五之間徘徊。「我的家鄉是個美食天堂，經過那些好吃的店，不停下來買東西吃，好像會對不起自己。大學到新竹之後，好像有點水土不服，再加上被學姊帶進一個比較動態的社團，就開始變瘦了。」

「什麼社團？」

「就別講了，我會害羞的。」

「講一下嘛。」

「不要！」

「講了有獎品喔！」

「那你先說獎品是什麼？」

「妳講了就知道獎品是什麼。」

「肚皮舞社。」

「什麼？妳再說一遍！」

「……你故意的……」

「我剛剛聽到的是肚皮舞三個字嗎？」

「對啦！」

我有些驚訝，咆咆咆地笑了出來。

「妳會跳肚皮舞？」

「不行嗎？」

「不是，但真的想像不到啊。」

「就說是學姊拉我進去的，剛創社沒什麼人，我是去幫忙湊人數的。」

「結果就真的會跳了。」

「是的。」

「喔買尬！我可以看嗎？」

「你這輩子應該沒什麼機會看到。」

「跳給我看，有獎品喔！」

「你剛剛的獎品還沒說呢。」

「妳先跳給我看，獎品我一次給妳。」

「不要，我不想再被你騙了。」她嘟著嘴。

「那我先跟妳說，獎品是看電影一部。」

「這太簡單了。」

「再加一份好吃的鐵板燒。」

「這也太容易了。」

「再加陪妳逛夜市。」

「這個更普通。」

「那……陪妳一起跳肚皮舞？」

「這是要騙我跳給你看，我不會上當。」

「那……讓妳當我女朋友？」

「這樣是高興到你，我沒那麼笨。」

「這樣妳不高興嗎？」

「哼，我不想理你。」她說。

想到這裡，我已經把車開進台南市區。

因為剛剛那杯咖啡實在不好喝，而且我不小心把糖包全加進去，以致於咖啡過甜，我現在感覺有種咬喉嚨的渴。

我在一間全家便利商店前面停下，進去買了一瓶水，然後拿出我的手機，打開行事曆，把盧宜娟那一行給刪除了，並且按下姚玉華的。

「我真的該去找她嗎？」我又問了自己一次。

恆豪說我這種用手機記錄旅程的方式很神奇，上面都是女朋友的電話地址跟資料，每次拿出手機看著這些東西，感覺像是皇帝在選妃子。

「今兒個晚上，我要臨幸誰呢？哼哼哼。」他伸出手指，在手機螢幕上滑動，邊做邊發出淫蕩的聲音。

「臨你媽！」我忍不住開罵。

「幹！你真沒禮貌。」

「豪媽，對不起，我說錯話。」我說。

「我代替我媽原諒你。」

他這玩笑話讓我正經地想到一個問題：「假設我現在單身，讓我重選，這些女孩子當中，我會想跟誰在一起？」

我在十七歲就遇見盧宜娟，她是我的初吻對象，我是她的初吻對象，我們當時覺得這是一種交換，所以扯平。但我們彼此都知道，我們之間不算是男女朋友，所以嚴格說來，我的初戀是林梓萍，接下來是蘇玉婷，然後是蔡美伶、姚玉華、佘涵香，才到現在的劉雨青。

哪個適合我？又哪個才是我想要的？

這是沒有標準答案的，因為適合的跟我想要的，通常不會是同一個。而時間不會重來，這些人都已經過去了。

如果人可以只談一次戀愛，就找到自己長久的伴侶，那一定是一件美麗又幸福的事。但因為人總是在成長與改變，所以在這過程當中，總會不小心迷失自己，或者失去別人，所以才會不停地在不同的對象當中找別人，也找自己。

恆豪要我再多交幾個女朋友，這樣就可以排出一個棒球隊的先發九人，「目前人數只夠打籃球而已。」他說完就被我罵了句無聊。

而我在這足夠打籃球的名單裡，找到別人了嗎？找到自己了嗎？我不知道。

就像這趟旅行，我正在去程當中，不管會發生什麼事，有什麼樣的結果，在結束旅行的回程裡，就表示真的完成旅行了嗎？

我還在旅程裡，所以我不知道答案。

但我期待回程會有我想要的答案。

看著行事曆發呆了一會兒，不知為何，我跳過了姚玉華，打開下一行的余涵香。

她要離開台北時，還有打電話給我，「我要回台南了，我真的不太習慣台北。」

她是個善良的人，所以她用「不太習慣」來當作離開台北的理由。

但其實台北對她來說是個傷心地，因為她跟她最好的朋友一起上來，兩人卻撕破臉，不再住在一起，也不再聯絡。

原因是我。

「心中的城市裡愛刻著痕跡，台北不是個傷——心——地——」抱歉，這是恆豪的亂入，我只是不小心想起他曾經這麼唱著。

當年我跟余涵香愈走愈近時，其實兩人都有考慮到姚玉華的心情，即使我跟姚玉華分手，和余涵香沒有半點關係，但仍必須避嫌，因為我們都知道姚玉華會亂想，硬把自己塞進牛角尖裡面。

只要我載余涵香回家，一定只載到附近或是路口，絕對不會停在她們公寓樓下。只要我們一起出去，當她在車上接到姚玉華的電話，我就會立刻變身為計程車司機，因為姚玉華會問她：「妳在哪裡？」她就會回答：「我在計程車上。」

不過百密總會有一疏，恆豪說夜路走多了，總會碰到鬼，雖然我覺得這話似乎不太適合用在這裡，但又不知道該怎麼反駁。

因為當時的姚玉華，恆豪說她黑暗得像個鬼。

也不知道是什麼時候被她看見的，她說她看見余涵香從我的車上下來。

余涵香告訴我，她們沒有什麼爭執，而且她試著解釋，只是姚玉華一開始對她冷言冷語的，後來則什麼情面都不留，直接就撕破臉。對姚玉華來說，余涵香搶了她的男朋友，而我是個負心漢。

不到一個星期，姚玉華找到新的房子就搬走了。余涵香一個人負擔不起那間公寓的租金，也另外找了新房子。

接著沒幾天，我接到姚玉華的電話，她說想談一談。

然後就發生了割腕的事。

那一陣子，我們三個人都不快樂。

她手上的那道傷口，不停地考驗著我跟余涵香之間的感情。

「這樣，我們走得下去嗎？」當時，我時常這麼問自己。

恆豪跟我就這件事情討論過好多次，他從一個旁觀者的角色，變成一個心靈導師的角色，這對當時的我來說，幫助很大，因為我人陷在泥沼裡，余涵香也是，我們都懷疑自己是不是真的做錯事，這段感情是不是真的可以持續？

直到有一天，恆豪不知道是醉了還沒醉，他的一段話，讓我在迷途中找到方向。

「等哪天你步入中年，頂上有了白頭髮，額頭兩側的髮際線開始後退，臉皮鬆肚子凸，胖到站著低頭看不見自己的老二時，回頭想起當年竟為了別人的錯，而放棄了余涵香，你一定會幹在心裡口難開。」

他又補充說明：「而且會幹到一個不行，罵多少幹都沒用。」

是啊！他說得沒錯。

所以我沒有放棄余涵香，我很努力地跟她在一起。

可惜，是她放棄了我。

*可惜。

回到過去的未來

我彷彿是一個誤闖時空的旅行者，
在這趟旅行裡，
從未來了解了過去，
從過去看見了未來。

而目的地中的每一個人，
過去都曾經出現在我的生命中，

而我現在所身處的未來，
並不在她們的過去裡。

25

對不起，我這個人就是這點很奇怪。

我前面說過，我總是在感覺餓的時候，回想上一餐吃了什麼，又那些食物現在已經變成大便點點點。

而我的上一餐害我拉得有點虛脫，所以那些食物應該已經被沖到某條污水管去了，肚子因此被清空，所以我又餓了。

還不到五點，這時間很尷尬，剛好卡在下午茶結束跟晚餐時間之間。如果我現在就把晚餐搞定，那麼我大概九點左右就會餓了。九點又是個尷尬的時間，它介於晚餐時間結束跟消夜之間，如果我在九點就吃消夜，那麼我大概半夜一點就會餓了。半夜一點依然是個尷尬的時間，它介於第一頓消夜跟第二頓消夜之間，如果我在一點……

對不起，我廢話了。

考量了一下，我決定先餓個一下子，畢竟這種時間吃飯，會讓我以為又回到當兵的時候。

姚玉華的臉書很好找，就是她的名字，就是她的照片。

幾年沒見，她沒有什麼變化，不過似乎變得喜歡自拍，而且去了很多地方玩，她臉書上的照片有兩千多張。

其中有一本相簿，全都是她跟一個男的抱在一起，緊貼著臉的照片，不過她的感情狀態是單身，這讓我有點摸不著頭緒。我所了解的她，如果交了男朋友，是不吝嗇於讓大家知道的。

這表示她剛分手，來不及移除相簿嗎？

還是那個男的跟她並不是男女朋友？如果不是，那怎麼會這麼親密地緊貼著臉呢？

我是想太多了，我覺得，而且那不關我的事。

不過我現在正在猶豫要不要去找她，所以這點我必須考量一下，否則如果真的見到她，結果被她身邊的人誤會，我可能不知道該怎麼解釋。

「我是她以前的男朋友，只是來看看她過得好不好，順便跟她說聲謝謝和對不起。」要這麼說嗎？我猜沒幾個人聽得懂，就算懂也不知道為什麼我要這麼做。

我上了車，打開導航，在車陣中慢慢地前進，下班時間到了，路上的車明顯地多了起來。台南的路都不大，街道規畫也不算整齊，但不知道為什麼，我一直覺得這裡有一種親切感。反觀台北，街道的規畫也沒多好，而即便我身為台北人，我仍覺得台北市整體給人的感覺是冰冷的，不管是人或是整座都市的氛圍都一樣，沒什麼親切感。

我沒有跟姚玉華到過台南，在一起的時間太短，沒什麼機會。

但我跟余涵香來過，在一起沒多久後的一個周末，也沒做什麼，就吃吃喝喝，然後陪她回家看看家人，但我沒有進去，我到市區的百貨公司閒晃，然後打了通電話告訴她，我要先回台北了，電話裡，她的聲音明顯地有些失落。

後來我問她原因，她才告訴我，她不知道為什麼我不願意去她家。我嚇了一跳，沒想到她會有這種想法。我之所以會先離開，是不想給她壓力，讓她在陪伴家人的同時，還要擔心我一個人在外面無聊，所以才先離開，讓她好好地待在家裡。

經過溝通之後發現，我是她第三任男朋友，卻是唯一一任她願意帶回台南的。這代表她對我的一種認可，她希望我可以跟她的家人認識。

為此我感到抱歉，我沒有想到這一點。到目前為止，除了已經論及婚嫁的雨青的爸媽之外，我沒有見過任何一個女朋友的家人，頂多只有講到電話，而那個人是余涵香的媽媽。

余媽媽很好客，我沒見過她，但在電話中，她讓我感到很溫暖。她要我一定要去她家玩，她會燒一桌好菜等我，如果我爸媽願意，一起來最好。

盛情難卻，於是我答應她，一定會到她家做客。

但後來還是沒有成行，因為我跟余涵香分手了。

恆豪說他不知道我為什麼會喜歡余涵香，「縱觀你交過的女朋友，余涵香是最沒有特色的一個，怎麼你會喜歡她？」

「喜歡有理由嗎？」我問。

「當然啊！」

「你交過的女朋友，你都可以說出為什麼喜歡她們？」

「當然啊！」

「你沒聽過一句話嗎？如果你說得出為什麼喜歡一個人，你就一定說得出為什麼要離開他。」

「這種老梗就別拿出來屁了，根本就是一句鳥話。」

「呃……」我愣了一下，「說得也是。」

「人沒那麼完美啦！感情要成立與破裂，肯定都是有原因的，會喜歡一個人，一定是看到什麼吸引自己的地方，會離開也一定是有什麼過不去嘛。」

「是啊。」我點點頭。

「所以她到底有什麼優點讓你喜歡？」

「嗯……」我思考了一會兒，「好像都是優點，我在她身上沒看到什麼不能接受的缺點耶。」

「這太誇張了吧？」

「如果硬要挑剔的話，那大概就是她的胸部只有B罩杯吧。比姚玉華小很多。」

「幹！你個色胚！」他說。

但我是說真的，跟她在一起的那段日子，余涵香真的沒什麼讓我不滿意的地方，除了比較囉嗦一點，會要求我不要抽菸、要求我不要喝酒、要求我不要開快車、要求我不要亂花錢要懂得存錢，還有跟我朋友出去的時候比較內向不容易跟他們打成一片之外，其他的部分，她都做得很好。

簡而言之，她是個好女朋友，也應該會是個好老婆。

既然如此，為什麼我們會分手呢？我說過了，是她放棄了我。

原因很簡單。

第一，她對自己沒信心，她覺得自己不夠好，我不會喜歡她很久。

第二，她一直覺得自己對不起姚玉華。

「我總覺得你飄來飄去，我抓不到你。」她常這麼說。

「我並不出色，為什麼你會跟我在一起呢？」她常這麼說。

「我覺得自己愈喜歡你，就愈覺得對不起她。」她常這麼說。

「如果你不喜歡我，一定要第一個告訴我，好嗎？」她常這麼說。

這些話我聽很多次，也跟她溝通過很多次。但她的個性就是這樣吧，別人總是比她自己重要，自己永遠不比別人好。

沒錯，她確實沒什麼特別出色的地方，她長得清秀，但跟漂亮沾不上邊；她身高差兩公分就一六〇，體重在四十七公斤上下震盪，身材普通，走在路上絕對不會注意到她；她沒有什麼特別的專長，也沒有什麼讓人印象深刻的地方，就是一個普通的女孩子。

如果不是恆豪問我，我還真沒想過為什麼我會喜歡她。

但這是重點嗎？我覺得一點都不重要，只要我喜歡她，而且我確定就好，不是嗎？

我跟她在一起一年不到，本來說好要在一周年那天吃大餐慶祝的，卻在那之前大吵了一架，當下我覺得那件事很重要，但後來想想其實沒什麼大不了的。

那天我到恆豪家跟幾個朋友打麻將，打到半夜精神不濟就先回家了，在路上恍神了一下，一不小心撞上分隔島，車子轉了一百八十度，人沒事，安全氣囊救了我，卻也讓我嗆得眼淚直流猛咳嗽，我毫髮無傷，但是心很痛，因為我一直都很細心照顧那輛車。

改裝廠的朋友笑說我的技術高超，連撞車都能撞得這麼平均。車內六顆安全氣囊全爆，前面的水箱破了，鋼樑也凹了，進口的改裝左前輪圈撕開了一角，其他全歪了，很好用但很貴的煞車組也壞了，除了車頂，其他全部都要烤漆跟鈑金，玻璃就不用講了，

「你到底開多快？」他問。

「不知道，精神不好，恍神了一下，就上去了。」

「我看這情形，至少是時速八十公里沒煞車硬騎上去的喔！」

我要求把車子回復成本來的樣子，他說：「確定要修嗎？要不少錢喔！」

他建議我去買一部新的，但我不要，那是我很喜愛的車。

余涵香不讓我修車，她聽見我出車禍，嚇得心臟都快停了，希望我不要再玩車，買部簡單的車，可以開就好，她還要我答應她，從今以後都不改車。

我知道她是為我好，但當時我根本聽不進去。

她講了一個晚上，我覺得很煩，她愈講，我愈不聽，後來好脾氣的她也生氣了。看她生氣，我就愈拿捏不住自己的火氣，後來我爆走，講了一句不太好聽的話：「車子的

事妳這輩子管不著。」然後甩了門就離開她住的地方，搭上計程車回家。

冷戰了幾天，她沒跟我聯絡，我也沒打電話給她。

後來我想想，那根本不是什麼大事，而且她是關心我。這件事錯在我，我應該跟她道歉。

我撥了電話，她接了。我道歉，她只說了「嗯」，就沒再表示什麼。

我還是去接她下班，一起吃飯一起逛街，跟平常一樣。我以為這事就過去了。

我以為。

一天晚上，距離我們交往周年只剩沒幾天，我收到她的mail。

一封分手的mail。

親愛的凱任：

我想了很久了，這陣子。

你車禍之後，我們吵了那唯一的一架，我開始問自己是不是真的適合你。

我不喜歡抽菸的人，但你是。

我不喜歡喝酒的人，但你是。

我不喜歡你開快車，但你總是開快車。

你挑戰了我所有的底限，而且全部突破，無一倖免。

我心想，既然你這麼喜歡車子，我應該尊重你的，但我真的沒辦法，真的沒辦法。如果兩個人在一起要互相尊重，你又怎麼能不尊重我對你的擔心呢？

所以，應該吧，我想我不適合你。

那天你甩了門離開，我一個人在家裡悶坐了很久。

我不敢打電話給你，我怕你又對我凶，那會讓我的眼淚掉不停，即使我不會讓你發現我在哭，但我知道自己會很心痛、很傷心。

我在台北沒有朋友了，如果你不理我，我能找誰呢？

我打了電話給玉華，響了幾聲，她接起來了，將近一年沒聯絡，我一聽見她的聲音就哭了，停都停不下來。

你應該懂吧。我就是這麼脆弱的女孩子，我也希望自己是堅強的，但我除了盡量讓自己獨立一點之外，我心裡的脆弱一樣沒有改變。

我好想念玉華，好想念以前那段日子啊。

那天我去找她，她變得比較開朗了，或許時間也過了吧，她似乎放下了些什麼，只是兩個人之間的裂痕，就像舊傷口一樣，一不小心太用力還是會流血的。
我們坐了很久，卻沒有聊很多。她問起你，我說你很好，我們都很好。
接著我問她能不能再繼續當好姊妹，她給我的答案是否定的。我想她依然恨我，也依然恨你。
凱任呀。
我們……就到這裡吧。今天，今晚，這個時候。
沒意外的話，我會辭掉工作，然後回到台南。我就像隻迷路的小白兔，闖進了台北這個大森林，而現在，小白兔累了，想回家了。
你要保重，好嗎？

涵香

＊你挑戰了我所有的底限，而且全部突破，無一倖免。

26

那封信讓我惆悵了好幾天，心情像下跌的股市持續低迷，雖然不至於食不下嚥，卻食無其味。

過了好幾天，我才打電話給余涵香，周年紀念日也已經過了。不過電話沒打通我就掛了，因為我不知道要跟她說什麼。「她已經決定了，那就這樣吧。」我心裡這麼說著。

而我又累了。

在姚玉華身上感覺到疲累，在余涵香身上也感覺到疲累。雖然兩個人帶給我的感受不同，而且相差甚遠，但既然已經累了，心裡的無力是相同的。

我回了她一封短短的信，沒多說些什麼，也沒有挽留的字眼。

從林梓萍離開我之後到現在，我的感情空窗期都不長，一段接一段，一個接一個，像是孤獨的接力賽。

或許我不應該挽留別人了，而是該挽留那個最原始的自己。

本來我並沒有相信或期待愛情是什麼樣子的，但我也從不希望自己的愛情把自己搞得很糟糕。既然已經走到這裡，那就讓自己休息吧。

涵香：

我尊重妳的決定，妳說了，我照辦。

我會好好保重自己的，請妳放心。那天吵架，如果我有傷害到妳的地方，請妳原諒，人在氣頭上，常常管不住嘴巴，請原諒我的脾氣。

我們在一起，其實並沒有對不起玉華什麼。

這點妳一直都清楚，只是妳心裡有某個地方過意不去罷了。這樣的感情不太健康，我承認，所以就照妳所說，我們就這樣吧。

如果可以，請妳在決定離開台北的時候，打通電話告訴我好嗎？

讓我知道妳一切都好，讓我知道妳要離開。

凱任

接著我等了幾天，卻沒有再收到她的回信。

再過不到兩個月，我就接到她的電話，說要回台南了。

在這之後，我對自己的感情有過嚴重的懷疑。是不是我有什麼問題，所以我的戀情都維持不久呢？是觀念上的嗎？還是個性上的？做法上的？或是都有？

每次想到這個問題，我就會兀自苦笑，因為跟我關係維持最久的女孩子並不算是我的女朋友。

看過很多外國電影，男女主角對感情似乎都有著相當高的ＥＱ，說分手就分手，會祝福對方找到新的伴侶，然後自己也能很快地投入另一段感情裡，開始約會吃飯聊天什麼的。

例如，男主角說：「我覺得，我們似乎該分開一段時間。」

女主角說：「嗯，我想是該冷靜冷靜的時候了。」

「我們都把彼此逼得太緊了。」

「這段感情讓我看見自己的情緒原來這麼不健康。」

「我希望在分開這段時間，我們能好好想想。」

「嗯，好，希望能理出一個頭緒。」

「妳該換個人跟妳約會，而我也是。」

「嗯，是的。」

「那，祝妳好運。」

「你也是。」

You, too。有沒有？他們是不是都會用「You, too」來結束對話？彷彿所有的編劇都說好了一樣，不用「You, too」就是犯規。

接著男生帶著新女友去約會，女生跟著新男友出門。

他們會在餐廳裡相遇，然後互相介紹自己的新伴侶。

What the fuck……這事情我從不曾在我身邊看過，我自己就做不到！

分手的時候，總是會難過好一陣子的。

不管在一起的時候付出多少或喜歡多深都一樣，在某個地方看見自己剛分手的前男（女）友正抱著另一個人卿卿我我時，怎麼可能會過去說：「嘿！恭喜你啊！」然後還自我介紹：「你好啊！我叫〇〇〇，你旁邊這個人是我的前男（女）友，所以你要叫我學姊（長）！」

這是哪招？

外國人真的看得這麼開嗎？他們真的有辦法真心誠意地祝福對方嗎？這點我真的非

常懷疑，至少我是辦不到的，而且我也沒看過這種情況。就算要祝福，也可能要過好一陣子才有辦法吧。

而且，他們的男女朋友說換就換，不累嗎？

某天恆豪跑到我家打屁聊天，順便玩我新買的PS3。

當時我跟余涵香已經分手一年了，單身生活讓我感到輕鬆自在，卻也很孤單。

我跟恆豪說：「欸，我跟你說，我覺得好累喔其實。」

他一邊盯著電視螢幕一邊回我：「你說什麼？」

「女朋友一直都交往不夠久，每次換一個新女友就得再重新習慣一次，不管是她的樣子、脾氣、穿著、生活習慣，有什麼莫名其妙的毛病，平常吃不吃羊肉豬肉牛肉雞肉青椒紅蘿蔔什麼的全部，所有細節！換一個就是全部重來，全部！這樣真的好累喔！」我說。

「我覺得這是一種對自己愛情觀的革命，你必須要有勇氣去面對跟克服。」

「什麼意思？」

「你現在幾歲了？」

「三十一歲。」

「你交了幾個女朋友了？」

「盧宜娟也加進來的話，六個。」

「嗯，孫中山表示，再五個你就成功了。」他說。

「哪招？」

「聽不懂啊？這表示革命尚未成功，凱任仍需努力啊。」

「可是一直換很累，我一點都不想這樣。」

「這不是你想不想的問題，而是你可能註定就要這樣飄流。」

是啊！飄流。

那一年，我下班後沒地方去，常常開著車隨意亂晃，就真的像在飄流一樣，隨著車流移動，遇到綠燈就直走，遇到右轉燈亮就右轉，目的地是哪裡，我也不知道。某天車流帶著我飄流到外雙溪，在那裡看見一排釣蝦場，我就進去了。其實沒人影響我這麼做，是飄流帶我這麼做的。因此我學會了釣蝦，我總是一個人，一根租來的蝦桿子，一池綠綠濁濁看不見底的蝦塘，一晚上寂寞的樣子，換來幾隻半大不小的蝦。我沒多厲害，嚴格說起來，我是個釣蝦肉腳，兩個小時大概釣個十隻上下，我一個人吃算是足夠了。

如果沒去釣蝦，我就自己去租ＤＶＤ回家看。那一年看了幾十部電影，有些一租再租，租到店員問我：「程先生，這片你租過三次了，還要租嗎？」

我不是想一直租同樣的片子，而是在那些片子裡，我好像看到一些自己。

如果愛情就跟租片子一樣，會不會比較簡單？

我真的不想跟孫中山一樣，要分手十次才能跟自己的感情革命成功。

孫中山推翻的對象是滿清，那我推翻的對象是誰呢？我自己嗎？

我沒有姚玉華家的地址，她的臉書上也沒有，只有她工作的地方。經過一番考慮，我決定不打給姚玉華，我想我在害怕什麼吧，或許跟她見面，可能會惹到什麼麻煩也說不定。

不過我還是告訴自己，不見面沒關係，至少去看看她的公司吧。於是在到余涵香家之前，我繞到姚玉華的公司看了一下。

那是一間製作汽機車材料的工廠，看起來像個大型倉庫。燈都已經關了，除了門口的兩個警衛之外，裡面應該已經沒有人在了。

我沒有多做停留，因為警衛正在看著我的車，我想他們可能覺得奇怪，都下班了，怎麼還會有人來？離開那兒之後，我去吃了台南有名的周氏蝦捲。那間店果然名不虛傳，晚餐時間人山人海，附近車位超級難找。好不容易找到車位，然後把肚子填飽之後，已經晚上八點。

接著我到了余涵香家，但我並沒有打電話給她，只是在她家對面，把車子停好，然後呆坐著。

就呆坐著，在車上呆坐著。

余涵香家是一棟透天厝，就在崇德路上，附近有間中型醫院，旁邊是一間機車行。她家一樓有人在看電視，我猜那就是很好客的余媽媽。

大概九點不到，我看見余涵香騎著摩托車回家。

她的摩托車換了，已經不是幾年前撞壞又修好的那輛了。余媽媽見她回到家，抱了個孩子出來，她跟媽媽在騎樓逗弄著那個嬰兒，看起來很幸福很快樂。

她沒變，只是似乎胖了一些，台南果然才是適合她生存的地方，她說過，不吃那些美食，好像對不起自己一樣。

我用手機上了余涵香的臉書，在她的塗鴉牆上留下一句話：

回到台南的小白兔，好像變胖了點，也變得更快樂了，是吧？

對了，我忘了說。
她結婚了。結婚紀念日是二〇一〇年四月十日。
臉書告訴我的。

＊祝妳幸福喔！

我在台南過了一夜，那一夜很孤單。

我甚至沒有打電話給恆豪，他也沒打來問我今天的結果怎樣。我不知道他是不是猜到了什麼，例如我後來還是決定不找姚玉華之類的。

我用手機上網搜尋了一下台南的酒吧，我想這時候來杯酒、聽點音樂，應該會是一個很應心情的選擇。

我找到一間在東門路的酒吧，名叫 Dirty Roger。在一座陸橋旁邊，很不起眼，我繞了好幾次才看見它的招牌。

那是一間很有特色的酒吧，窄窄的一間店，店裡擺了三部重型機車，還有吉他，兩邊的牆擺滿了ＣＤ跟黑膠唱片，搭配斑駁的水泥磚牆，捨去過多的裝潢，只在每張桌子上方打盞昏黃的燈，店的角落有一座鐵梯通往二樓，二樓也有座位，跟一樓一樣，用滿滿的唱片當作裝飾品，我想這些唱片肯定都是老闆的寶吧。

因為酒量不好，不敢碰調酒，這間店的酒品選擇也不多。我點了一瓶啤酒，找了個位置坐下，當酒滑過我的喉嚨，感覺那冰涼帶氣液體往肚子裡衝，再配上店裡正在播放的音樂，有種說不出來的寂寞。

我看過一則報導，那是一項科學實驗。

深夜裡安靜的臥室，音量大約是二十五到三十分貝。

人與人說話的普通音量，大約是五十五到六十分貝。

住在機場附近的居民，每天要忍受數百次的飛機噪音，那大約是一〇五到一一〇分貝。

在鋼鐵廠工作的工人，每天要忍受鋼鐵互相劇烈撞擊的聲音，那大約是一百分貝左右。

High 到最高點的舞廳，噪音大約九十分貝。

鬧區的路上，來回穿梭的汽機車噪音大約是八十至八十五分貝。

也就是說，不管環境有多吵，人都可以在裡面待上幾個小時。而且是每天。

於是明尼蘇達州的「奧菲德實驗室」做了一個實驗，它是金氏世界紀錄認證全世界最安靜的地方（負九分貝）。實驗結果證實，人身在完全寂靜的空間裡，最長時間是四十五分鐘。

是的，只有四十五分鐘。而且這是眾多受測者裡的最長時間。

人每天可以在充滿噪音的地方待好幾個小時，卻無法忍受絕對安靜四十五分鐘。是否同理可證，人可以一個人做任何事，卻無法忍受心裡的寂寞呢？

或許我們可以一個人去看電影，一個人去看海，一個人吃飯，甚至一個人攀爬有難度的高山，但我們無法一個人生活，一個人長大，因為心裡的寂寞，是比奧菲德實驗室的負九分貝更安靜的地方。

我又喝了一杯酒，寂寞更深了。

我突然很想找個人說話，而那個人必須靜靜地聽我說話。不要問問題，不要有任何回應，只要聽，只要眼睛看著我，讓我把想說的話說完，然後再互乾一杯酒，最好那個人不認識我，我也不認識他，最好。

這時手機傳來一陣叮咚聲，這表示有人在臉書上回應我。

余涵香：「你真的是程凱任？你在台南？」

我沒有回應她，只是把手機收進口袋裡。雖然我很想跟她說：「是啊！我在台南，現在正在酒吧裡一個人喝悶酒，要來陪我嗎？」但我只是想想而已，對我來說，這趟旅行中，名叫余涵香的景點已經走完了，她在我人生的筆記本裡，已經打了勾做了記號表示「去過了」，儘管在她家騎樓看見的畫面依然在我腦海裡，且那感覺像是漣漪一樣不斷地在心裡熨開，但走完了就是走完了，這輩子不會再到這裡來了。

我的隔壁桌坐了一個女孩子，她跟我差不多時間走進這間酒吧，原本我並沒有注意到她，直到空氣中飄來她身上的香水味，我才轉頭看了她一眼。

我們四目相接時，並不像其他人一樣，如蜻蜓點水般，假裝只是不小心對上了眼，就趕緊把視線移開，而是互相點頭微笑示意。

她好香。

那香味我從不曾聞過，我猜是某種植物性的香水，味道像聽著古典樂裡的小提琴獨奏一樣的綿密悠長，不帶侵略性卻讓人難忘。

我想開口問她那是什麼香水，但她似乎在等人，不想打擾她，所以我打消了這個念頭，而且我當下並沒有搭訕的心情。她的香水味仍不時地飄過來，我偶爾撇過視線偷看她的側臉，發現她的眼睛和鼻子之間的線條，有那麼點像林梓萍。

林梓萍是我同學，但不同班也不同系。

會跟她在一起其實是意外，因為我根本不認為自己會是她的選擇，而且她也曾經親口向我證實：「我也不知道為什麼跟你在一起，你不是我喜歡的類型。」

在好朋友的眼中，我跟林梓萍是不太適合的一對，她外表光鮮亮麗，大學時的氣質就有點像是社交名媛。她的前男友是國內一個大企業家的兒子，那是一個公開的祕密，認識她的人都知道，包括我。

他們還在一起的時候，排隊追求她的人就已經很多了，分手的消息傳開以後，追求她的人更多，我只是當中一個最不顯眼的。

她沒有跟我說過喜歡我，只說過我對她很好，是個細心的男孩子。

第一次牽她的手，我高興到失眠好幾天，每當要睡著的時候，心就會興奮得多跳幾下，「妳肯讓我牽手，是不是代表我們在一起了？」我這麼問過她，而她只是看了我一眼，用她一貫的微笑說：「別問這種奇怪的問題。」

是的，對她來說，那確實是個奇怪的問題。

記得大三那年期末考結束，班上幾個好友說要去喝酒慶祝一下，因為某一科考得非常難，我們幾乎全軍覆沒。

「舉杯！慶祝大家準備一起暑修，喔耶！」其中一位同學大喊著，大家把啤酒杯舉得老高。天花板上掛著一排吊扇，還有幾盞黃色的鹵素燈，旋轉中的吊扇把光線打散，光束像是被削開了一樣，一片一片地落在我們的啤酒杯上，透過冒著白色氣泡的啤酒，照在我們的臉上。

那杯啤酒我只喝了一半就開始茫茫然了，當年的酒量大概只比醬油碟子再深一點而已，我趴在桌上玩著破碎的土豆殼，同學們吆喝著要玩抽撲克牌比大小的遊戲，牌最大的可以指定最小的去做一件事，而最小的可以選擇喝酒或是執行指令，類似今天的國王遊戲。

那天玩瘋了。

大家酒量似乎都有限，所以選擇喝酒的不多。下指令的人愈來愈狠，除了脫褲子裸奔之類太超過的事之外，幾乎什麼都想得出來，難度愈來愈高。

什麼交互蹲跳伏地挺身，都只能算是入門而已，玩到最後，什麼極限都被突破了。我第一次也是最後一次跟男生親嘴，就發生在那時候。有的輸了被要求到馬路中間用屁股寫他家電話號碼；有的輸了被啤酒洗頭；有的輸了被罰去找個不認識的人，然後看著他的腋下說五次我愛你。當中最狠的是贏家拿出一個塑膠袋，放屁在裡面，輸的要把塑膠袋套在臉上。

我那天晚上輸了好多次，其中一次被罰，要去跟櫃檯裡面的女孩子告白，而且要拿到她的生日才算完成任務。

但站在櫃檯裡面的不是一個女孩子，而是一位大姊。

我猜她應該是老闆娘，而老闆就站在櫃檯旁邊。

我向老闆娘解釋，說是玩遊戲輸了，必須知道她的生日才可以。

老闆娘搖頭，說辦不到。老闆在一旁看了我一眼，他聳聳肩，笑了笑，表示無能為力。

我帶著任務失敗的結果回到座位上，願賭服輸，我把一杯滿滿的啤酒一飲而盡，並在同學的歡呼聲中，把杯子重重地放下，大喊一聲：「爽！五分鐘後我一定會醉的！」

大概就真的五分鐘左右，我的世界開始天旋地轉。

我不想吐，也沒有身體不舒服，剛剛一大杯冰涼的啤酒下肚，酒精在身體裡散開之後，反應上來的不是我翻騰的胃酸和晚餐，而是我心痛的眼淚。

我抱著同學大哭，像是眼淚流不乾一樣。

沒有人知道為什麼我會哭，因為沒有人知道我跟林梓萍的事。他們只是不停地安慰我，然後很快地離開了酒吧，把我扛回宿舍。

「她不要我了！」

載我回宿舍的是侯建奇，隔天他跟我說，我一路上揪著他的衣服，這麼大喊大哭著。

＊被不要了。

28

我在 Dirty Roger 裡好像喝得有點多，不過意識還算清楚。

走出酒吧之後，我站在路邊用手挖了喉嚨，然後就嘩啦啦地吐了。我知道這個狀態不能開車，於是我坐進車子裡，把車窗開了一小縫，然後放倒了椅子，很快就睡著了。

是警察叫我起床的，因為我違規停車，早上七點開始拖吊。

大概八點的時候，我被人敲車窗叫醒，一個警察站在車外對我說：「先生，請你下車，你車上有濃濃的酒味。」

我睡眼惺忪，但醉意已經退去。他呼叫了另一輛警車過來對我進行酒測，並且問了一些問題。

「你酒駕嗎？」

「不，」我搖頭，「我昨晚在這間店裡喝酒，出來之後就睡在車上，我並沒有酒駕。」

「但你現在還是一身酒味耶，我們要依法對你進行酒測。」

「你測沒關係，我又不開車。」

接著他把儀器遞到我的嘴邊，「請你用力吐氣，一直到機器發出叮的一聲。」我照做。

大概十幾二十秒鐘之後，旁邊的小印表機印出了一張酒測結果，〇．一四，我的酒測值是合格的。

他們看了結果，沒說話，要我在酒測單上簽名。

這時其中一位警察說，「你知不知道你停在紅線？」

「我知道。」

「我們要依法對你開出違停的罰單。」

「可是……我現在開走不行嗎？」

「你有喝酒還開車？」

「我酒測值是通過的，不是嗎？」

「還是不能開啊，安全第一啊。」

「所以罰單一定要開就是了。」

「這是你的違規事實，我們依法舉發。」

「好吧，」我自知理虧，「你們開吧。」

折騰了好一陣子，我又餓又累，而且睡在車上腰痠背痛，再加上有點宿醉，人一整個不舒服。

我找了一間汽車旅館洗了澡，吃了東西，躺到床上又睡了一覺，醒來時，已經是下午兩點。

我打了通電話給恆豪，他的聲音非常沙啞。

「你是要死了是嗎？」我說。

「差不多了……記得來給我上香。」

「沒問題，我還會燒一部林寶堅尼跟兩個賽車女郎給你。」

「喔……我要十個可以嗎？」

「你以為你葉問嗎？」

「嘿嘿……」他咳了幾聲。

「你是怎麼了？」

「沒什麼，就感冒惡化，發了點燒這樣。」

「還好吧？」

「還好啦，死不了，今天請假在家休息了。」

「我才出門第四天，我不希望回台北後你就掛了。」

「放心，我如果死了會通知你的。」

「是嗎？下地獄之後寫信來通知？」

「沒錯，順便拍幾張照片給你看，然後打個卡……」

「還打卡呢！」

「嘿嘿……」他又咳了幾聲，「你到哪裡了？」

「台南。」

「喔！順利嗎？」

「還可以，我找到余涵香了。」

「可是你沒去找姚玉華對不對？」

「嗯，你早就猜到了？」

「如果是我，我也不會找她。」

「為什麼？」

「人家擺明不想再看見你，幹嘛自找沒趣？」

「也是。」

「那余涵香說什麼？」

「沒，我只找到她，但我沒跟她說話。」

「為什麼？」

「有見到就好，那當下我覺得這樣就夠了。」

「她好嗎？」

「看起來不錯，孩子都生了。」

「嗯，那確實不要見面比較好，免得攪亂湖水。」

「攪亂湖……你是要說吹皺一池春水吧？」

「都一樣啦！」

「差很多好嗎？」

「隨便啦，我現在是病人，懶得跟你爭。」

「耶！」我在電話這頭比了一個勝利手勢。

「所以你現在要……」

「去高雄。」

「喔，重頭戲，最後的高潮。」

「沒錯。」

「緊張嗎？」

「不會。」

「那是現在不會，到時候你就知道。」

「那就到時候再說吧。」

「如果你沒找到她怎麼辦？」

「我一定找得到她，見不見面而已。」

「這麼有把握？」

「你應該要稱讚我怎麼這麼勇敢。」

「也對啦，要見一個曾經傷害自己很深的人，確實要很勇敢。」

「是啊。」

「那，勇者，你要加油了，準備去鬥惡龍了。」他說完乾咳了幾聲。

「恆豪啊。」

「嗯？」

「我好像發現一件事。」

「啥事？」

「這趟旅行，重要的不是旅程中我能找到她們，而是在回程中我得到了什麼。」

「好深奧……我現在發燒三十八度半，你說這個我沒辦法消化。」他說。

我們掛了電話，但剛剛的話繼續在起化學作用。

台南離高雄很近，四十分鐘左右就可以到了。

星期三下午的高速公路路況不錯，南部的交通果然比北部好多了，車流很順暢。

而我剛剛說的是真的，要見林梓萍真的需要很大的勇氣。

因為她真的造成我心裡很大的陰影。我的性格有一部分是被她帶來的傷害給扭曲的，她讓我見識到，愛情原來這麼複雜。

其實我一直都是第三者。她跟那個小開並沒有分手。

有時候真相大白是一種痛苦，而不是解脫。如果有得選擇，你會寧願繼續被蒙在鼓裡，或是被一套重新編過的謊言欺騙。

我到很後來的後來，才知道一切事情的真相與經過，他們一直以來都不停地分分合合，很快地決定分手，很快地解決爭執。兩個人今天分手，明天復合，後天又分手，大後天又復合，像演戲一樣。

而我只是個幌子。

我曾經在過年期間去拜訪她家，認識她家裡所有的人。

對她來說，她似乎從來沒有騙過我，因為她對所有人都是這麼介紹我的：「這是我同學，同校不同系，他叫程凱任。」

這是我同學。嗯，是的，這麼說也沒錯。

在她家拜訪那天，她的家人對我很友善，當時她念國中的小弟還當著所有人的面，問了我一個問題：「你想娶我姊喔？」這個問題引起了一陣笑聲。

「如果有機會的話，我很樂意。」這是我當時的回答。

她家人對這個問題和我的答案沒有表示什麼意見，反應也不大，只是禮貌地笑一笑，她也是。

而我以為她的笑，是一種默許的等待。

「看你的表現囉！」我以為她當時是這樣想的。

我以為。

要回台北的時候，她陪我到車站等車。我告訴她，那句我很樂意是真的，她依然用她一貫的微笑說：「我們才幾歲，還早呢，別說這種奇怪的話。」

那是我們第一次談到關於結婚的事。

後來我又問了她一次，「妳有沒有計畫什麼時候結婚？」

「你為什麼要問這個？」

「沒什麼，只是問題。」我說。

「這是可以計畫的嗎？」

「如果兩個人感情穩定，這當然可以計畫，不是嗎？」

「……」

「好吧，我換個方式問，妳有沒有胡亂想過，胡亂的就好，想過大概幾歲的時候要結婚？」

「你真的想知道？」

「嗯，而且妳別壓力大，這只是個問題啊。」

「好，我想過三十歲以前結婚，最好是二十八歲。滿意了嗎？」她的聲音跟語氣聽起來不太高興。

「喔……」

「凱任，你為什麼要問這個問題？」

「妳別生氣，我只是在想，要怎麼規畫將來，我希望能把妳也納進去。」我說。

「別了，凱任，我們有沒有明天都不知道呢……」

「什麼意思？」

「我是說……未來不可預期，天有不測風雲。」

當時，她這麼說。

但其實她並不想這麼說，她該跟我說的是另一些話，不是這種什麼天有不測風雲的狗屁。

還記得我前面提到，某一年耶誕節，我們吃完滷肉飯耶誕大餐之後，她說要跟社團的人去唱KTV嗎？其實她並沒有去唱KTV，而是去吃了第二頓耶誕大餐。面對我無數次的邀約，不管是約她一起出去玩、吃飯、看電影，若她找了理由拒絕我，那就表示是跟前男友……喔不，是跟正牌男友出去。後來我才知道，那些事實就像一顆巨大的洋蔥，當那些謊言一片一片剝落，會很輕易地將你的眼睛給薰出淚來。

談分手那天，我們有過這段對話。

「我早就想跟你說了，只是一直不知道怎麼開口。」

「嗯……」

「你要恨我無所謂，我可以理解。」

「嗯……」

「我沒有要傷害你的意思，請你相信我。」

「嗯……」

「我一直都知道你很好，但其實我……」

「嗯，我知道，妳不愛我。」

「……」

「妳從沒有愛過我，連喜歡都沒有。」

「你別這麼說……」

「我只是備胎，是那顆等真正的輪胎破了之後再替補上，可以載妳一程的備胎。」

「你不要這樣……」

「我曾經把妳畫進我的未來藍圖裡，但我畫得不好。」

「……」

「雖然我畫得不好，但我很用心。」

「我知道。」

「算了啦，說這些都沒意義了。」

「……」

「妳知道我有多愛妳嗎？」

「嗯？」

「愛到我願意為妳下地獄，只求妳能因此而上天堂。」我說。

高雄，到了。

＊而妳帶來的痛苦，真的讓我覺得，地獄到了。

林梓萍在臉書上用訊息留了電話給我，如果我碰巧到高雄的話，要我給她一個機會，讓她請吃飯。我沒有回她訊息，卻把號碼記下來了。

我打了電話給她，並且表明了身分，「我是程凱任，我在高雄了。」我說。她驚訝地叫著：「喔！我的天啊！我沒想到這麼快能見到你！」

我跟她約在中央公園站，一號出口路邊人行道上的玻璃帷幕前，時間是晚上十一點。我不知道為什麼要約那麼晚，她說見了面會跟我解釋。

距離晚上十一點還有好幾個小時，我便在高雄開著車亂晃，這兒吃吃那兒玩玩，高雄這些年的變化好大，市容變得很美，而且天氣很好。如果不是我生在台北長在台北，我真的會考慮搬到高雄住。

但我整個下午跟晚上在思考的不是要不要搬到高雄，而是見到她的第一句話該說什麼？該用什麼表情？我的心情該怎麼調適？我真的能平靜地與她見面嗎？

「第一句話說……好久不見？幹！好普通。」

「妳好……幹！好個屁！愚蠢！」

「妳好像變了……銬盃啊！十三年了，我哪知道她有沒有變了！」

「妳好像我同學……幹！哪招啊這……」

我在心裡反覆演練，車停紅燈的時候，就照著鏡子訓練表情。

彷彿第一次要跟女孩子約會一樣緊張，但奇怪的是，他媽的這個對象是傷我最重的前女友啊！

被恆豪說中了，時間到了就會緊張了。

愈接近十一點，我反而希望時間走慢一點。

大約十點半，我就已經到了中央公園站，我在車上深呼吸，下車亂走踢石頭，這邊跳一跳，那邊轉一轉，還是沒辦法消除愈來愈緊張的心情。

十一點整，我準時坐在玻璃帷幕前，我東瞧瞧西看看，但人行道上沒人朝我走來，只有一隻流浪狗在我面前看著我。我跟牠說：「看屁！」牠歪著頭哼了一聲。

中山路好大一條，時間晚了，車流也愈來愈少。捷運站的燈光在我身後打得很美很亮，聽說那好大一片、長得像機翼的車站造體是一體成型的，沒有接縫點。

我對這點有些懷疑，於是跑去看個清楚，站在那很長的電扶梯跟樓梯口，我抬頭仔細地看，還拿出手機用數位伸縮鏡頭拉近一點瞧，還真的是一片沒有接點的巨型鋼鐵。

「好看嗎？」

突然她的聲音從我身前傳來，我嚇了一跳，退了一步，不知道她站在我面前多久了。

「嗨！」我說。演練了大半天的對白跟表情，通通沒有派上用場。

「在看什麼？」

「就它啊！」我指著那片白色的機翼，「聽說它沒有接縫點。」

「嗯，是真的沒有。」

「嗯，我剛確認過了，妳怎麼來的？」

「我搭捷運。」她指著捷運站。

「喔！很好。」

「抱歉，跟你約這麼晚。」

「無所謂，我是專程來的，反正也沒事。」

「專程來？」

「呃……就跳過去吧，這不重要。」我說。因為我不知道要怎麼跟她解釋，為什麼我要專程來。

我們在中央公園裡找了個地方坐下，然後開始大約三十秒的沉默。

這三十秒裡面，我偶爾看看她，她偶爾看看我，我想我們都在找話說，但不知道要說什麼。

「你好像沒什麼變啊！」她首先開口了。

「沒什麼變是什麼意思？」

「就跟十幾年前一樣，只是好像壯了點。」

「妳是說我胖了嗎？」

「是壯了，以前的你比較瘦，現在長了點肉是嗎？」

「嗯，以前才六十公斤上下，現在則是在六十七、六十八之間徘徊。」

「這樣比較好看啊！」

「謝謝誇獎。妳也沒什麼變啊，而且十幾年了，歲月沒在妳臉上做畫。」

她摸摸自己的臉，「你是說皺紋嗎？我長皺紋了，只是現在上了點粉，所以你才看不見。」

「我相信妳沒化妝跟現在還是一樣的。」

「是沒什麼差別啦，只是皮膚沒以前好囉。」

「這方面我不懂，女孩子常說的皮膚好壞，我完全不知道怎麼看。」

「沒關係，那是女人的事，你們男人不需要懂。」

「我也這麼認為。」

「真的好多年了呢，你過得好嗎？」

「很好，妳呢？」

「我……嗯……就……還可以……」

「現在在做什麼工作？」

「我在賣房子，」她笑了起來，然後從包包裡拿出名片遞給我，「這是名片，如果你要在高雄買房子，可以找我喔！」

「嗯，高雄很好，我今天才在想，在高雄買房子應該很不錯。」

「對呀，但是你家房子應該夠多了吧？」

「那是我爸的房子，不是我的。」

「以後就是你的了。」

「那是以後，現在我就只是個上班族。」

「在哪裡上班？」

「我爸的公司。」

「哇！為接班做準備嗎？」

「還早，我跟我爸相比還差太遠了。」

「不會，你很優秀的，我知道。」她拍了一拍我的肩膀。

「是喔？謝謝妳的誇獎。」

「不客氣。」

「妳下午在電話裡跟我說，見面時要解釋為什麼約這麼晚的時間……」

「喔！對……嗯……因為……」

「嗯？」

「我就直接說了，今天是我去陪小孩的日子。」

「陪小孩？妳結婚了？」我大吃一驚。

「嗯，我結婚了。兩次。」

「兩次？」我又吃了一驚。

「嗯，不怕你笑，我真的結了兩次婚，也離了兩次。」

「離了兩次？」我第三度吃了好大一驚。

「兩次都不超過兩年。」

「都不超過兩年？」我的天……

「你會這麼驚訝，其實我一點都不意外，因為連我自己都很驚訝。」

「妳怎麼了？為什麼會這樣？」

「這些年來，我過得很糟糕，我對感情不穩定的態度害死了我自己，後來想一想，我從來不了解自己要什麼，年輕的時候以為戀愛很簡單，就是在一起嘛，沒想過哪種男孩子才適合自己，也沒想過該怎麼努力去經營感情，一直到第二次婚姻再度失敗，我才仔細地反省，但已經太晚了，在愛情中，我是個完美的失敗者。」

「完美的失敗者……」

「對啊，失敗得非常完美。」

「孩子幾歲了？」

「五歲。」

「男生？」

她搖搖頭，「女兒。」

「爸爸是第二任？」

「第一任。」

「跟第二任沒有孩子？」

「沒有，也還好沒有。」

「妳第一次結婚是幾歲啊？」

「三十。因為有了孩子，所以結婚了。」

「那第二次呢？」

「前年年初。」

「哇……」

「很勁爆吧？我自己都覺得勁爆。」

「也還好，只是沒想到妳這些年竟是這樣過的……」

「你結婚了嗎？」

我搖頭，「沒有。」

「女朋友呢？」

「有。」

「在一起很久了嗎？」

「不算太久，四年了。」

「四年啊。你光是跟同一個女朋友在一起的時間，就比我兩段婚姻加起來還要長了。哈哈。」她自我揶揄著，搗著嘴巴笑了起來。

「不錯喔，數學很好。」我說。

「那……你要娶她嗎？」

「嗯，沒意外的話。」

「嗯！嫁給你一定很棒吧。」

「何以見得？」

「我這麼覺得啊。」

「喔？」

「我是說真的。你是我交過的男朋友裡面最好的，以前我真的是瞎了眼了，才會那樣對你，當後來我也被這樣對待的時候，才知道自己過去的行為真的很可惡。」

我沒說話，只是看了看她，然後把視線移向遠方。

「我第一任先生大我十歲，有過離婚經驗。他離婚的原因就是外遇，而他跟我結婚之後也繼續外遇，他認識外遇對象的時間比我還久。」

「嗯……」

「離婚後我認識了第二任先生，而且很快就陷入熱戀，他什麼都很好，也很會照顧人，我以為老天爺真的給了我一個好男人，在一起才一年多，他就跟我求婚了，而我昏了頭又答應。嫁過去才知道他負債累累，而且酒後還會打人，還好他同意簽字離婚，不然我真不知道怎麼辦。」她說。

「妳的故事挺精彩的。」

「不，是很荒唐。前一陣子我們班辦同學會，我一直找理由不敢去，因為我很怕如果有人問起我的事，我真的不知道該怎麼說。」

「不過這些都過去了啦，現在的妳看起來很不錯啊。」

「對於以前的事，凱任，我很抱歉，對不起。」

「嘿！別說了，都過去十幾年了，都過去了。」

「那時你一定很難過，對吧？」

「嗯，難過到我不知道怎麼說……」

「對不起……」

「別再對不起了，妳已經講過了。」

「你知道嗎？我這幾年常常想到你，然後愧疚感就愈來愈多，還好有臉書這玩意兒，不然我真不知道該去哪裡找你，好跟你表達我的歉疚。」
「妳還記得我們當年分手時我說的最後一句話，很強啊，記性真好。」
「那句話我記得好清楚，有一陣子幾乎每天想到。」
「我現在很好奇一件事，當時妳跟小開在一起，為什麼還要接受我呢？」
「跟你在一起的時候，我已經在跟他談分手了，只是……跟你在一起，有一部分是為了氣他。」
「氣他？」
「嗯，對，那時我好幼稚，我以為很快地跟另一個人在一起，一定會讓他很生氣。」
「所以我又中槍了。呵呵。」我笑了出來。
「嗯，你是無辜的，真的。」
「後來呢？」
「後來我以為我跟他就是分手了，但跟你在一起之後，他又回頭找我，而我知道自己其實還很喜歡他，所以我也接受了他，一時之間，我不知道怎麼跟你說，就這樣一天一天地拖著，拖到……」

「拖到我重傷不支倒地。」

「嗯……」

「好啦！謎底解開了，那我可以安心回去了。」

「你……你說你專程來，是為了問這個？」

「不是，我是來跟妳說謝謝的。」

「謝謝？為什麼？」

「不為什麼，就是謝謝。這個謝謝用千言萬語都解釋不清楚，所以妳就別問了，讓一切盡在不言中吧。」

「是謝謝我給你的傷害，讓你成長之類的嗎？」

「不是，就是盡在不言中。」我說。

她看著我，似乎想從我的眼睛裡找到答案，但隨即就放棄了，她知道自己可能找不到答案，因為她不是我，她不明白我說謝謝的意義。

「簡單地說，就如同妳用臉書跟我說謝謝和對不起差不多。」

「喔！」

「只是我對妳的謝謝，對我來說，有更深的涵意罷了。」

「那我該接受你的謝謝嗎？」

「無關妳接不接受，我把話說完了，就完成了我這趟的目的了。」

「所以，就這樣？」

「是的，就這樣，我要找個地方睡覺，明天要回台北了。」

「明天再留一天，讓我請你吃個飯？」

「不了，我女朋友在等我回去呢。」

「喔……」

「妳女兒還在等妳回家呢！」

「不，她跟她爸爸住，我自己一個人住。」

「喔！了解！明白！」

然後我站起身，準備離開中央公園。

我聽見她的腳步聲跟在我後面，但我們都沒有再說話。

大概走了十來步，她拉住我的手臂，我們都停了下來，她欲言又止地看著我。

「能不能，抱抱你？」

「嗯？為什麼？」

「不為什麼，如果可以，那這擁抱對我來說有很深的涵意。」

我想了一下，張開了雙手。

她向前一步，把頭埋進我的頸肩之間，然後緊緊地擁著我。我拍了拍她的背，準備放開，但她依然抱得很緊。

「放棄你，是我把自己丟進地獄，而當我真明白這點的時候，你已經在天堂。」她說。

＊而當我真明白這點的時候，你已經在天堂。

後來我開車送她回家，在路上，我們閒話家常般地聊了很多。

我跟她說肚子有點餓，她帶我去一家賣蝦捲跟米粉羹的小店吃消夜。我把那間店記在導航地圖裡面，就在八德路跟自立路交叉口附近，叫阿木蝦捲魚羹。

林梓萍提到，她自己在市區買了一間小房子，兩房一廳，還有一個可以看見公園的小陽台，她說一個人住已經足夠，而高雄的房價便宜，貸款對她並不會造成太大負擔。她邀請我去她家坐坐，我搖頭說不。

吃消夜時，我們聊到當年我跟她談到結婚時的事，她說終於有機會問我：「為什麼你會在大學還沒畢業的時候，就想著要跟我結婚呢？」

「因為不想分開啊。」

「什麼？」

「不想跟妳分開。」

「嗯。」

「我那時只是單純地想著，如果我要規畫將來，那麼該把妳放在哪個位置，除了老婆，好像沒有其他適合妳的。」

「所以你就想跟我結婚了？」

「是那時候，那時候，現在不想。哈哈哈！」我大笑了起來，她也跟著笑起來。

「你說沒意外的話，會跟女朋友結婚，是嗎？」

「嗯……其實我們討論過結婚的事了，我也跟她求過婚了。」

「你求婚？」

「當然是我啊，怎麼可能是她？」

「你怎麼求婚？」她的表情一整個很興奮好奇。

「其實我自己也覺得那求婚的方式不算好，但我的心意絕對是滿分的！」

「說來聽聽嘛！」

「不了。」我搖搖頭。

「拜託！我真的想知道！」

「不了，這是我跟我女朋友之間的祕密。」我還是拒絕。

從開始吃消夜，一直到她家門口，她不停地央求我把求婚的過程告訴她，但我就是不想說。

她下車之後，站在家門口對我揮手。

我搖下車窗跟她說了再見，便離開了高雄。我心想，「就一路往北開吧。開到哪兒累了，就睡在哪兒吧。」

原來走完這趟旅程之後的感覺是這樣的。我心裡有一種特殊的充實感。

在旅途的去程，我心裡想的是該怎麼找到每一個人，達成我設定的每一個目的。過程當中有失敗的，也有成功的，但不管失敗或是成功，我都有一種從過去跑到未來的感覺。

就拿余涵香來當例子吧。

當我在她家對面的馬路邊，看見她騎著機車回家，然後余媽媽抱著一個小嬰孩出來，兩個人在逗弄那個孩子的時候，我就像是一個從過去跑到未來的人，我的感覺像是我正跟余涵香在一起，但我已經偷偷地搭乘時光機來到未來，看見了未來的答案，這一幕幕在我眼前活生生上演的畫面，不在我跟余涵香的未來裡，而她正在逗弄的小嬰孩，與我無關。

我彷彿是一個誤闖時空的旅行者，在這趟旅行裡，從未來了解了過去，從過去看見了未來。

而目的地中的每一個人，過去都曾經出現在我的生命中，而我現在所身處的未來，並不在她們的過去裡。

這趟旅行，重要的不是我能在去程找到多少人、完成多少設定的目的，而是在回程的時候仔細地細數，我到底得到了什麼。與其說這是一趟找人的旅行，不如說我是在找自己。

是的，我其實是在找自己。

而我找到了嗎？或許吧。

誰知道幾年之後，未來的那個我，會不會又跑來找現在的我呢？

當車子真的離開高雄，眼前的路標寫著仁德時，我想起兩、三個月前，我向雨青「求婚」的過程。

嚴格說起來，我那不是求婚，應該叫作談婚。

我不希望婚姻是求來的，我希望那是談來的。

「為什麼女人總是喜歡聽別人怎麼求婚呢？又為什麼總是要男人開口去求婚呢？」這些問題我想了很多年，但就算想破頭也沒有答案，有時候會覺得，婚姻本身一開始就是一件不公平的事，而奇怪的是，不管男女都希望在婚姻裡求得平等公平。

這不是一種阿呆的行為嗎？

一件事的開頭就是不公平的，為了讓兩個完全不同的個體（男、女），組成一個相同的大個體（家庭），其中一個個體（男）就要去求另一個個體（女）答應跟他組成一個大個體（家庭），這到底在幹什麼呢？

既然如此，那婚姻為何要求？

如果要公平，為什麼不是兩個人說好「嗯，我很愛你，你也很愛我，那我們結婚吧」？

我真的沒有求婚，至少在我自己的標準裡是這樣認定的。

但這段「沒有求婚」的過程，我卻記得很清楚。

兩、三個月前的某天晚上，在台北，我們剛看完電影，開車送雨青回家的路上，我問了這句話。

「妳喜歡郭元益、禮坊，還是伊莎貝爾？」我說。

「嗯？什麼？」

從她說話的語氣與音量，我猜她是嚇了一跳。我從沒問過這類問題。

我指著某一棟大樓頂部閃個不停、顏色不停在變化的超大型廣告看板，那上面寫著

「郭元益喜餅」。

「這是幹嘛？」她又問。

「妳還沒回答我，妳喜歡郭元益、禮坊，還是伊莎貝爾？」

「我……不知道。」

「去年春天，恆豪結婚的喜餅就是郭元益的，我覺得滿好吃的。」我說。

「嗯，我也覺得很好吃。」

「所以妳喜歡郭元益？」

「不錯啊！」

「可是前年妳的好姊妹結婚時，妳不也說過她的伊莎貝爾很好吃。」

「嗯，那也很好吃。」

「所以，妳喜歡郭元益、禮坊，還是伊莎貝爾？」

「我選不出來。」

「那……我們找一天去選吧，好嗎？」

「這是……什麼意思？」

「然後同一天，我們再去選戒指。」

「所以，這是什麼意思？」

「以後，我們看完電影，我就不想再載妳回妳家了。」

「為什麼？」

「因為我想載妳回我們自己的家。」

「所以，我已經問三次了，程凱任，你這些話到底是什麼意思？」

「我不會浪漫的求婚，但我想娶妳，好嗎？」

這話說完，我們有三分鐘左右的時間沒有說話。

車窗是緊閉著的，車裡只有細細的冷氣風聲，還有音響正播放的鋼琴音樂。

「這種求婚真的很爛。」她打破沉默。

我轉頭看了她一眼，只見她表情複雜，眼眶有些泛紅，卻笑著說話。

「對不起喔。」我說。

「我從沒期待被求婚那天有什麼浪漫的畫面，但這個真的太爛了。」她笑著說，眼淚卻掉下來了。

「對不起喔。」

「因為你的求婚太爛，所以我要懲罰你。」

「懲罰什麼？」

「懲罰你可以說一次。」

「說一次什麼？」

「你想娶我。」

「我想娶妳。」

「用你滿滿的愛跟這輩子最溫柔的語氣說。」

「我、想、娶、妳。」

「再一次。」

「我想娶妳。」

「再三次。」

「我想娶妳。我想娶妳。我想娶妳。」

「好。我願意。」

「嗯。」

「我願意。」

「好。我聽到了。」

「我願意。」

「好啦！我聽到了啦！」

「我願意！我願意！我願意！」她說。

＊我願意。

【全文完】

這本書沒有後記

〈寫·在·後·面〉

這本書沒有後記，只有少少的一些我想說的話。

高雄的烈陽在四月天就開始凶狠了起來，但我卻很愛。

「很愛」，是兩個很單純的字。由此可推，愛情也是很單純的兩個字，更是很單純的一件事。

只是人讓愛情變得很複雜，而且總是沒辦法處理得很好。

你很愛過誰嗎？有吧？那個人呢？現在在哪裡？

還在你身邊？那真好，恭喜你，希望你們會一直幸福。

不在你身邊了？那真遺憾。但也要恭喜你，因為你可能因為他曾經存在而長大了。而他也可能因為你的存在而變得更好了。

祝他幸福吧。相信他也會這麼想的。

曾經想過一個這樣的問題：那些我們愛過及愛過我們的人，經過了好多年以後的現在，他們好嗎？還記得我們嗎？

如果當初不是那樣地結束，現在的我們，會是怎麼樣的呢？

人生是一部很棒的電影，可惜不能倒帶，而且只播一遍。

所以我們再也沒有機會回到那個做決定的時候，也就不會知道被改變了歷史的以後。

於是，愛過我們的與我們愛過的……

都是曾經了。

吳子雲，二〇一一夏初於高雄的家

—此題無解—

沒有區別，不管過了多少歲月，
成長是寂寞的堆疊，長大只是一種錯覺，
感情中，我們都只是孩子，自得其樂，又自艾自憐。

此題無解，失去等於是種凋謝，
花不會開在同一點，葉總有枯黃的那天，
感情中，我們都只是卒子，沒有選擇，只能往前。

遺憾像撒在心裡的種子，會開出一片花園，
不管你收割了幾遍，它依然茂盛綿延。
失去像空在心裡的位子，眼淚會滴在上面，
不管你擦拭過幾遍，它還是浸濕你心眼。

把生命與記憶揉成一團，狠狠地看，
是否就能置身事外，毫不相干。

此題無解，失去等於是種凋謝，
花不會開在同一點，
我們，不會重來一遍。

演　唱：吳子雲
作　詞：吳子雲
作　曲：康小白（OP：Linfair Music Publishing Ltd.福茂著作權）
製作人：康小白
編　曲：蔡政勳、劉涵
配唱製作人：陳建瑋
鋼　琴：蔡政勳
大提琴：劉涵
小提琴：劉融
錄音／混音：康小白
錄音室：小宇宙音樂 Cosmos Room Music

國家圖書館出版品預行編目資料

回程／藤井樹著. －－初版. －－臺北市：
商周出版：家庭傳媒城邦分公司發行, 2012.06
面： 公分. －（網路小說；197）
ISBN 978-986-272-169-8（精裝附光碟片）

857.7 101007812

回程

作　　者／藤井樹
企畫選書人／楊如玉
責任編輯／楊如玉

版　　權／翁靜如
行銷業務／朱書霈、蘇魯屏
總 經 理／彭之琬
發 行 人／何飛鵬
法律顧問／台英國際商務法律事務所　羅明通律師
出　　版／商周出版
台北市民生東路二段141號9樓
電話：(02) 25007008　傳真：(02) 25007759
Blog：http://bwp25007008.pixnet.net/blog
E-mail：bwp.service@cite.com.tw
發　　行／英屬蓋曼群島商家庭傳媒股份有限公司城邦分公司
台北市民生東路二段141號2樓
書虫客服服務專線：(02) 25007718、(02) 25007719
服務時間：週一至週五上午09:30-12:00；下午13:30-17:00
24小時傳真專線：(02) 25001990、(02) 25001991
劃撥帳號：19863813；戶名：書虫股份有限公司
讀者服務信箱：service@readingclub.com.tw
城邦讀書花園：www.cite.com.tw
香港發行所／城邦（香港）出版集團有限公司
香港灣仔駱克道193號東超商業中心1樓
E-mail：hkcite@biznetvigator.com
電話：(852)25086231　傳真：(852) 25789337
馬新發行所／城邦（馬新）出版集團【Cité (M) Sdn. Bhd.】
41, Jalan Radin Anum, Bandar Baru Sri Petaling,
57000 Kuala Lumpur, Malaysia.
Tel: (603) 90578822　Fax:(603) 90576622
email:cite@cite.com.my

封面設計／黃聖文
排　　版／新鑫電腦排版工作室
印　　刷／高典印刷有限公司
總 經 銷／高見文化行銷股份有限公司
電話：(02) 26689005　傳真：(02) 26689790
客服專線：0800-055-365

■2012年6月初版
■2020年（民109）6月11日初版86刷

Printed in Taiwan
城邦讀書花園 www.cite.com.tw

定價260元

 ISBN 978-986-272-169-8